LA ANTÁRTIDA DEL AMOR

Sara Stridsberg

colección letrasnördicas

LA ANTÁRTIDA DEL AMOR

Sara Stridsberg

Nørdicalibros
2023

Traducción de
Carmen Montes Cano

Título original: *Kärlekens Antarktis*

Agradecemos la ayuda de Swedish Arts Council
para la traducción de este libro

© Sara Stridsberg, 2018. Publicado por acuerdo con
Casanovas & Lynch Agencia Literaria
© De la traducción: Carmen Montes Cano
© De esta edición: Nórdica Libros, S. L.
C/ Doctor Blanco Soler, 26 - C. P. 28044, Madrid
Tlf: (+34) 917 055 057 - info@nordicalibros.com
www.nordicalibros.com
Primera edición en Nórdica Libros: mayo de 2023
ISBN: 978-84-19320-73-5
Depósito Legal: M-11302-2023
IBIC: FA
Thema: FBA
Impreso en España / *Printed in Spain*
Imprenta Kadmos (Salamanca)

Diseño de colección: Filo Estudio

Maquetación: Diego Moreno

Corrección ortotipográfica: Victoria Parra y Ana Patrón

CREACIÓN

Así que estábamos en el bosque. Había algo parecido a un atardecer, pero nada de sol, una luz de lluvia tirando a ocre que descendía sobre el paisaje. ¿Que si habría podido llamar a alguien? No, no habría podido, porque aunque hubiera habido a quien llamar, se habría agotado el tiempo. Ya solo quedaba la luz subacuática que descendía y esos árboles enormes y las gotas de lluvia gigantescas que caían de las ramas como lágrimas de unos seres grotescamente grandes y solo estábamos nosotros, él y yo, y la sensación de ser los únicos que quedábamos en el mundo era tan intensa que ninguna realidad habría podido cambiarla, ni los coches con los que nos cruzábamos por la carretera ni las cabinas iluminadas que veíamos al pasar ni el sonido de la radio donde alguien murmuraba con voz suave y ronroneante, sonaba como una misa. Los sonidos creaban imágenes de cromos diminutos que resonaban dentro de mí. Allí estaba la Virgen María con ese ángel peligroso y grande, allí estaba María con el niño gordezuelo revoloteando alrededor de su pecho en todos los cuadros, desprovisto de alas y, aun así, ajeno a la gravitación terrenal. Y allí estaba ella sola al final, sin su hijo, cuando él ya había dejado de existir en la Tierra.

Yo estaba tumbada en el suelo del bosque y miraba las oscuras raíces de los árboles que penetraban muy despacio en las aguas del lago y era tal la calma que incluso los movimientos más despaciosos se hacían visibles, las copas de los árboles que se movían en *slow motion* allá arriba, los insectos que se arrastraban por la cara inferior de cada flor y las gotas de agua que se soltaban de las ramas de los árboles y se quebraban y se lanzaban a cámara lenta hacia el suelo, perlas de espejo de agua en miniatura que surcaban el aire en un movimiento de una lentitud infinita, y ahora hacía frío, orina y sangre y heces me corrían por las piernas. Pensé que los árboles colgaban entre el hombre y Dios, que estiraban las copas hacia el cielo y que las raíces se aferraban como garras de dragón al fondo de la tierra, donde vivían los muertos, donde yo también me encontraría muy pronto.

Ya era demasiado tarde para pedir ayuda, demasiado tarde para plegarias, el tiempo se había acabado irremisiblemente. Él dijo:
—Ponte de rodillas. —Y yo me puse de rodillas en la hierba negra—. Ahora voy a vendarte los ojos. Así será más sencillo —dijo.
—Qué bien —dije yo, preguntándome para quién de los dos sería más sencillo.
—Ahora te voy a estrangular y después ya no podrás decir nada más.
—Venga —le dije—. De todos modos, no tengo nada que decir.

Y ahora ha empezado a cortar lo que queda de mi cuerpo en siete partes y va guardando los restos en dos maletas blancas. La cabeza la arroja en ese agujero de los residuos cuya superficie tiene el mismo color rosa que el vómito. No está lejos del lago, un sendero a través del bosque, lo ha preparado todo con un viejo mapa de orientación. Se queda allí un rato contemplando la densa superficie burbujeante de desechos antes de soltarla en el fango. Por la superficie vuelan en zigzag moscas verdes y negras y relucientes libélulas, y mi cabeza se hunde despacio hasta el fondo, no está muy profundo, solo un metro más o menos. El pelo oscuro se extiende como un paracaídas por encima de la cabeza mientras esta se encuentra en movimiento, y nadie la encontrará jamás porque los ácidos la corroerán enseguida. Esa imagen acude a mí una y otra vez, el pelo en el agua, cómo asciende cuando la cabeza da en el fondo, antes de posarse de nuevo.

¿Y después? Vuelve por el sendero. El sol se está poniendo al otro lado del lago. Una lluvia apacible que cae sobre el bosque. A mí siempre me ha gustado la lluvia. Siempre, qué poco duró. Qué poco duró la vida.

Pienso que voy a dejar vuestro mundo en paz, pero, de pronto, ahí estoy, mirando otra vez a hurtadillas. Es muy bonito a distancia, la frágil atmósfera azul que flota alrededor de vuestro planeta, un tanto estropeada pero ahí sigue todavía. Bajo las nubes que se mueven despacio sobre ella y que son vuestro cielo y los desnudos árboles otoñales que se estiran en busca de la luz del sol, y aún más abajo está el agua negra que discurre entrando en Estocolmo desde el mar, brilla oscura y oleosa entre las islas, meras hojas de otoño que se adhieren a la superficie. Un mundo tan inmóvil como una antigua pintura al óleo del Museo Nacional. Solo cuando nos acercamos vemos que hay movimiento allá abajo, los aviones y los pájaros fijos en su cielo; las personas, en su tierra; los gusanos, que se arrastran por las plantas y los ojos de los muertos.

Trato de concentrarme en lo que no duele. Un niño que baja por una calle con un globo en la mano y no puede dejar de mirar arriba todo el rato, porque es maravilloso, miro los conejos que juegan por las noches en el césped que se extiende ante los grandes hospitales, miro mucho la luz, cómo cambia igual que la luz de un caleidoscopio. Me reporta cierto consuelo. A veces miro cuando dos personas se aman, seguro que es una indiscreción, pero nadie se da cuenta de que estoy ahí y me parece muy bonito cuando se aferran el uno al otro. Miro a menudo en las salas de los hospitales cuando un niño sale veloz de la eternidad y aterriza junto al pecho de su madre, me gusta muchísimo ese instante en el que todo está aún íntegro entre una madre y un hijo. Hace un instante he visto a un jovencito pararse al alba para ayudar a una mujer mayor que se había desplomado borracha en los jardines de Björn. Se colgó con los brazos del cuello del chico, como una criatura dormida, mientras él la levantaba del suelo. Antes de irse de allí compartieron un cigarro y se rieron de algo que no pude oír. Pero vi cómo una luz tenue sustituía el pavor de esa mirada rota azul sin brillo, vi que su vieja alma raída se iluminaba con un destello con el primer sol. Me cuido mucho de observar demasiado la maldad. Yo ya he visto la maldad.

Llega el día en que somos indiferentes a lo que pasa en la tierra, y yo también llegaré a serlo. Pero esas cosas llevan su tiempo, y son muchas las voces que no han callado aún. Un parloteo lejano de catedráticos y criminólogos y detectives privados y periodistas. Dicen que morimos tres veces. Mi primera vez fue cuando el corazón dejó de latirme bajo sus manos en el lago del bosque, la segunda vez, cuando enterraron lo que quedaba de mí en presencia de Ivan y Raksha, en la iglesia de Bromma. La tercera vez será la última vez que alguien ponga mi nombre en la tierra. Y ahora estoy esperando que eso ocurra. Deseo que las voces callen pronto. No me gusta oír mi nombre, noto un hormigueo como de insectos allí donde un día tuve el corazón.

Si contara quién fue el que lo hizo, ¿callarían entonces las voces? Lo dudo y, de todos modos, nadie me creería. Es muy difícil distinguir lo luminoso de la oscuridad, y más difícil aún cuando estás sola y el tiempo ya no existe y el espacio ha desaparecido. Así que dedico bastante esfuerzo a comprender la diferencia, siempre he mezclado amor y locura, cielo y muerte. Por ejemplo durante mucho tiempo creí que las drogas procedían de poderes superiores como sustitutas de mi hermano pequeño. Ya he dejado de creerlo. Mi hermano y yo éramos una falsa pista. Eskil fue al río cuando éramos niños y no volvió y mucho después yo entré en la gran noche para buscarlo. Aunque a veces pienso que solo entré en la oscuridad porque no tenía otro sitio adonde ir. Tal vez sabía que nunca encontraría a Eskil allí, en aquellas noches laberínticas infinitas, pero no importaba, ese otro mundo ya estaba cerrado para mí. Como sea, aquí termina nuestra línea familiar. Claro que esto último no es del todo cierto, nuestra familia sigue con Valle y Solveig, aunque ellos mismos no sepan de dónde vienen. A veces veo en ellos dos los rasgos de Raksha, como un matiz raudo en el agua se muestra ella en sus rostros.

Es curioso lo mucho que fantaseo sobre Solveig, si en realidad no la conozco ni la he conocido nunca, lo único que tengo son aquellas dos horas en el hospital materno, cuando no era más que un bulto cálido entre mis brazos. Sin embargo, es más fácil pensar en ella que en Valle, puesto que a ella nunca le hice ningún daño, la protegí procurando que nunca tuviera que estar conmigo. Por Solveig hice lo único que podía hacer, aunque Shane nunca pudo perdonármelo.

Estábamos en el bosque. Unas ramas negras surcaban el cielo que nos cubría, yo pensaba que eran rasgaduras sombrías hechas por el rayo que conducían a otro mundo, y que a ese mundo me estaban transportando ahora.

—Aquí me tienes, Dios —susurré—. Ayúdame, Dios, quienquiera que seas.

En el bosque en el que ahora estábamos solo se oía el ruido del goteo del agua, por todas partes corría el agua, del lago, del cielo, de las copas de los árboles. Yo tenía aquella sensación leve, vibrante, de estar observándolo todo desde arriba, como si me encontrara suspendida en alto en el aire como un ángel tembloroso. Todas las leyes de la visión se habían roto, meros fragmentos de imágenes quebradas a través de las cuales yo observaba el mundo: su espalda en una chaqueta cortavientos de color claro y la parte trasera de una cabeza enorme, unas manos cubiertas de pecas pálidas que apretaban la garganta de una muchacha en la hierba. Miré a la muchacha y vi que descansaba allí sobre la oscura membrana de la tierra, parecía que el suelo fuera a tragárselo a él y a ella también mientras se aferraba a su cuello como un escarabajo gigante.

—Yo solo quiero estar cerca de ti —le susurró él. Lo oí, aunque estaba flotando unos metros por encima. Yo no estaba muerta todavía, pero ya flotaba. Después desapareció la audición. Fue un alivio, ahora ya nos movíamos en un mundo totalmente silencioso. Sin el oído era más fácil ver, era como si el mundo se aclarase y los colores se intensificaran. Pensé que el mundo quizá se hubiera llenado de agua porque ahora todo iba muy despacio, el tiempo se ralentizaba, los dioses contenían la respiración.

De las copas de los árboles y de las flores salían volando imágenes infernales, imágenes que trataban todas de mí. Yo no las quería. Cintas de película mugrientas que se iluminaban rápidamente antes de apagarse, caían de los árboles como atrapamoscas ardiendo y yo cerraba los ojos, pero las imágenes salían disparadas hasta mi interior como desde un proyector, y toda yo me iluminaba con ellas. Ahí estaba sentada con Valle en mi regazo y mirándolo. Allí venía Nanna con la bicicleta pedaleando bajo la primera nevada antes de que la película se partiera y el bosque apareciera de nuevo. Y ahora el hombre penetraba a la muchacha que estaba tendida en el suelo, que era yo, en el oscuro agujero que tenía entre las piernas, con las manos entrelazadas como un corsé alrededor del cuello. Una tormenta silbaba dentro de mí, tal vez por eso era tal el silencio a mi alrededor. Vi una mariposa solitaria que aleteaba ondulante entre la hierba negra junto a la muchacha y el hombre, tenía que tratarse de una mariposa de nieve, porque era blanca, si es que existía algo llamado mariposa de nieve, ¿no? ¿Existían las mariposas? ¿Seguía existiendo el mundo?

Sí, el mundo existía aún. Existía una serie de vértebras cervicales, existían grandes perlas angulosas que formaban una espina dorsal que una vez fue mía y que ahora estaba rota. Existían tendones, que se desgarraban. Existía mi garganta, a través de la cual aún pasaba el aire adentro y afuera, ya usado salía de los pulmones de él y entraba en los míos, una mezcla de dióxido de carbono y calor y sed de sangre. Y esos pulmones que fueron míos se encharcaron de sangre negra. Existía un cuerpo, encima de mí, y pesaba tanto que resultaba inhumano, pero era humano, así era como eran los seres humanos, y ese cuerpo me presionaba contra la tierra y pronto yo también sería tierra, oscura y fría y llena de gusanos arrastrándose. Habría deseado que algo me mantuviera pegada a la tierra, un peso, una cuerda tensa alrededor de las muñecas y los tobillos, que algo me retuviera por fin y me detuviera.

Pero aquello no era lo que yo deseaba. No este bosque y este cazador. O a lo mejor era eso exactamente lo que siempre esperé. Quizá siempre añoré una salida del mundo, esa ventanilla negra que se abre de pronto y se lo traga a uno.

Vi una nube chocar contra la copa de un árbol y deshacerse en pedazos, vi la pupila de un ojo que temblaba como la aguja de una brújula. Vi junto al río el arbolito que Raksha había plantado cuando nací, debió de caer durante la tormenta, porque ahora colgaba boca abajo entre cielo y tierra. Lo veía crecer con las ramas hacia abajo en la tierra negra, mientras las raíces se extendían en busca de la luz del cielo. Las ramas que se aferraban al interior de la tierra parecían las venas de una placenta o las arterias que inunda un fluido oscuro y mortal. Vi a Valle ante mí. Iba gateando solo por la plaza de Sergel vestido únicamente con un pañal y muy alto encima de él volaba en círculos un ave de rapiña que esperaba a que el lugar quedara vacío de gente. Y me vi a mí misma sentada a una mesa del Burger King esperando a un *dealer* mientras el pájaro enorme se precipitaba desde el cielo y se llevaba a mi hijo en volandas entre sus garras.

Y cuando el aire volvió de pronto, caí de nuevo sobre la tierra, hasta el ángulo del suelo reptante, y entonces vi el mundo desde abajo, vi el cielo que discurría de un punto de apoyo al siguiente y la luz que atravesaba las copas de los árboles formando estrías doradas. Él había aflojado por un momento y el mundo volvió con su luz rota intermitente, las mariposas y los dientes de león quemados, y entonces sacó el cuchillo, lanzaba destellos en la mano como un espejito. Un cuchillo de carnicero o un cuchillo de cazador, y seguro que si me arrodillaba y me ponía a rezar solamente me respondería el Diablo. Y justo antes de la muerte, cuando el pánico y el dolor son demasiado fuertes, se aturde la presa capturada. Así es con los animales y así es con las personas. Cuando ya es demasiado tarde y absurdo tratar de defenderse el pánico y la desesperación se transforman en un suave líquido anestésico que se difunde por las venas como una niebla.

Así fue también al principio con las drogas. Algo pasaba cuando ese líquido marrón burbujeante discurría por las venas, algo que se parecía a ese último instante fatal en sus manos, cuando todo se calmó de pronto y yo dejé de oponer resistencia. Con el líquido encantado discurriendo dentro de mí desaparecía esa sensación de ser inferior e indigna, de ser solamente un insecto dañino que había que exterminar. Porque cuando no hay esperanza en este mundo adormecemos el cuerpo y el pánico desaparece, y es como si nunca hubiera existido ese pánico que nos acosa noche y día, y flotamos como un trozo de cielo justo antes de la muerte.

Porque aunque yo era muy joven y estaba totalmente al principio de la historia, tenía todo el tiempo la intensa sensación de encontrarme ante un final, justo delante de una pendiente por la que estaba a punto de caer deslizándome. Incompetente, indefensa, débil, inútil, un ejemplar defectuoso entre la gran masa de las muchachas de los años cincuenta que el mundo no necesitaba en realidad, que un día desaparecerían sin dejar rastro sin que nadie las echara de menos.

Íbamos bosque a través y el último tramo del camino era estrecho y pedregoso y cuando el bosque se abrió al final había allí un lago que se extendía como un espejo reluciente en medio del paisaje. ¿Pensé quizá que aquella era mi tumba, que iba a morir en el agua?

Y la lluvia caía sobre los árboles, y los árboles llevaban allí cien años o más, y su mundo era lento y mudo, veían todo lo que sucedía en el mundo de los hombres, pero no podían intervenir. Si yo hubiera pedido que me permitiera parar a hacer una última llamada en la cabina telefónica que había justo antes de que llegáramos al lago plateado, entonces me habría visto allí entre los cristales empañados de vaho con el auricular enorme de color negro en la mano y con la respiración entrecortada y rasposa y con un montón de mocos y saliva y con lágrimas goteando de la nariz y de la boca y con el miedo como una garra fría agarrándome la columna vertebral, y si las señales de pronto hubieran cesado y Raksha hubiera cogido el auricular en la calle Svartviksvägen, aún a tan solo unos kilómetros de allí según el plano y en la realidad como si hubiera un mundo entero entre las dos, seguramente yo habría soltado el auricular sin más y lo habría dejado colgando con su voz llamándome a través de él. Porque, ¿qué iba a decirle? «Mamá, mamá, no sé dónde estoy».

Hace mucho, cuando aún era niña y llamaba a Raksha desde la cabina que hay delante de la iglesia junto al río y apretaba en la mano el auricular negro, como si dentro de él estuviera la vida misma, sentía que no sería capaz de volver a respirar nunca más si no oía su voz. Los latidos de Raksha estaban en ese auricular y solo allí. Ella se había marchado a Estocolmo e Ivan se hundía cada vez más en su soledad sentando en el sillón de la cocina y lo único que yo tenía era su voz tal como vivía en las líneas telefónicas que discurrían bajo tierra a lo largo de todo el camino desde Estocolmo, donde ella se arrastraba sola en un vagón de metro a muchos metros por debajo de la ciudad en la que ella y yo viviríamos más adelante sin Ivan. Pero esta vez era demasiado tarde, esta vez no había salida. Las gotas de lluvia que corrían por los cristales de las ventanillas eran tan grandes como escupitajos y se deslizaban con una lentitud contra natura por el cristal estriado antes de estrellarse en el suelo y deshacerse.

El verano era aquella enorme habitación cerrada y los árboles eran muy grandes y fantásticos, muy prehistóricos con las copas cargadas de lluvia. En el coche estaba él sentado totalmente inmóvil, como si escuchara en su interior una voz que se impusiera a la música de la radio, y no se imaginaba que yo fuera a echar a correr en dirección al bosque y que desaparecería, y los faros proyectaban su luz sobre el mundo de lluvia que nos rodeaba y la bruma que avanzaba arrastrándose lo engullía todo salvo a nosotros dos: la ciudad, las personas y el futuro que ya no tenía nada que ver conmigo. Él apagó la radio y los movimientos despaciosos del limpiaparabrisas eran lo único que se oía y el sonido cálido del motor y en algunos puntos el cielo estaba tan bajo que parecía que las copas de los árboles desaparecieran entre las nubes. Mucho tiempo atrás habría intentado extender los brazos y tocar a Eskil en el cielo.

Y aún habría podido salir corriendo, *corre, corazón mío, corre*, como un animal al interior del bosque, eso aún era posible, un sol débil espejeaba entre los árboles cargados de lluvia. Él abrió la puerta del coche y me observó, y cuando dirigió la mirada al bosque la tenía insondable. Yo habría podido perderme entre los árboles si hubiera echado a correr en ese momento. Pero la cuestión es que de todos modos no tenía adónde ir, el bosque se terminaría y yo me quedaría allí de pie a la orilla del camino y él vendría con el coche otra vez y me recogería y me traería de vuelta aquí, al filo del lago y del agujero de los residuos. Así que me quedé sentada en el coche, que relucía blanco a la débil luz ocre que las grandes lluvias estivales proyectaban sobre el paisaje.

—Ven —me dijo.

Y aunque el tiempo ya se había agotado y aunque hubiera habido alguien a quien llamar, a Raksha o a Shane o a un ángel, yo no habría tenido nada que decir de todos modos. Porque, ¿qué iba a decir yo ahora que no hubiera conseguido decir antes? Quizá por eso me encontraba ya al final, tan pronto, demasiado pronto, en este camino embarrado en la linde de un bosque desconocido, porque me faltaban palabras para aquella que era yo y para aquello de lo que procedía. Mi interior estaba en silencio, mudo, solo un cielo desnudo desprotegido arriba y debajo la gravedad implacable de la tierra que tiraba de mí.

—Mamá, mamá, no sé dónde estoy.

—¿Eres tú?

—Sí, creo que soy yo.

—¿Dónde estás?

—En el bosque.

—Tienes que decirme dónde estás, para que pueda ayudarte.

—Pues es que no puedo.

—¿Por qué no?

—Es que no sé dónde estoy, ya te lo he dicho.

—¿Qué ves a tu alrededor?

—Lluvia y enormes árboles oscuros. Árboles prehistóricos. Un lago algo más allá. Y pájaros que chillan. Ningún letrero…

—Ahora no puedes colgar.

—Ya pero es que yo solo quería oír tu voz. Era lo único que quería.

Unas semanas después me encontraron. Fue una mujer que había salido al amanecer a pasear al perro. En la playa, al pie del palacio de Haga, había una maleta blanca que contenía partes de mí. Más adelante, ese verano, encontraron otra maleta en una roca de Hägersten, muy cerca de la autovía. Llevaron el contenido a un depósito de cadáveres y aquello era lo que quedaba de mí. Una pelvis con los genitales y el útero extirpados. Dos brazos, un fémur, una pantorrilla y los pechos, pero sin cabeza. Y como faltaba la cabeza, no pudieron establecer la causa de mi muerte, es decir, no podían descartar que me hubiera matado una manzana como a Blancanieves o que me hubiera ahogado el cuello de mi camisa.

Al principio nadie me echó de menos. Valle y Solveig eran demasiado pequeños y estaban demasiado lejos, colocados en algún lugar del mapa de Suecia. Shane había desaparecido y el que yo no me presentara cuando debía en la Institución no era nada infrecuente. Así era siempre, yo iba y venía y a veces me metía bajo tierra y pasaba varios meses desaparecida. Eso fue lo que creyó Ivan durante mucho tiempo, que estaría en algún lugar de debajo de la ciudad, en el sistema de túneles del metro o en los conductos subterráneos que discurrían bajo alguno de los grandes manicomios. Ivan siempre ha tenido sus propias teorías, y al final de aquel primer verano empezó a buscarme. Que yo me encontrara en aquellas maletas, eso no se lo creyó nunca.

Yo habría podido contarle a la policía cómo iba a terminar la cosa ya desde el principio. Debería haberles dicho enseguida que no tenía ningún sentido llamar a nadie a interrogatorio, que el culpable

27

lo negaría todo, siempre hacen lo mismo, habría podido contarles que él dirá que no me ha visto nunca, que nunca acudió a la calle solitaria que cruza como una herida la colina de Brunkebergsåsen. Los culpables niegan la muerte con tal fuerza que al final ellos mismos se lo creen. Y mi vida ha dejado de ser un asunto jurídico, ha prescrito hace mucho. ¿Qué clase de asunto soy ahora? Ninguno, seguramente. Me morí, nada más.

Nos encontrábamos a orillas de un lago en un bosque ancestral en algún sitio de las afueras de la ciudad. Me fui con él como acostumbraba a irme con la gente. Porque necesitaba el dinero, porque tenía un cometido, duraba día y noche, fuera de ese cometido no había nada. «Para ser libre», como diría Nanna. «Para castigarme a mí misma», como decían quienes creían que sabían. ¿Por qué tenía que recibir ningún castigo? Eso nunca lo decían. Lo seguí como un perro.

En otro tiempo quizá algún rasgo suyo me habría impulsado a dar marcha atrás ya en la calle de Herkulesgatan y cerrar la puerta del coche y largarme de allí. En otro tiempo, tal vez le habría dicho a Nanna y a las demás que se guardaran de él, pero ese tiempo estaba ya tan lejos como Nanna. Porque claro que aprende una a interpretar las señales de la calle, es puro instinto, pero al final no tienes fuerzas para preocuparte por ellas. Como el cielo, que se abría de pronto sobre Brunkebergsåsen y dejaba entrar una luz demasiado fuerte, violeta amarillento y aciaga, como el pájaro blanco que chillaba desde el tejado del edificio de Bankpalatset, a trompetazos fuertes y estridentes, y la música de ritmo cabeceante que se oía en la radio del coche. Él dijo que era Mozart, pero sonaba como la muerte. El silencio lo rodeaba como un humo frío, ese vapor marino que asciende de las aguas al amanecer, ahora sé que es el mismo silencio que rodea una tumba.

Había quedado con él en Herkulesgatan. Aún tenía la pulsera del hospital y el pantalón de chándal que me habían dado allí, llevaba la boa de zorro y un par de zapatos rojos. Era evidente que aún seguía en el mundo, pero yo tenía la sensación de que estaba muerta. Había rozado el reino de los muertos tantas veces que había dejado de tenerle miedo y por alguna razón me habían devuelto al mundo una vez más. Apareció de entre las sombras.

—Ven —me dijo.

Nos fuimos fuera de la ciudad. Cuando me volví a mirar por la ventanilla trasera, la carretera que íbamos dejando atrás era una nada que se hundía fangosa y putrefacta, en cuyo abismo se precipitaban las casas.

El bosque en el que nos encontrábamos estaba inundado de agua marrón, recuerdo que pensé que el lago se habría desbordado porque el ruido del agua al caer resonaba por todas partes. No, no era que la naturaleza estuviera llorando. Ni siquiera lloraba yo. Y la tierra era una extraña resaca que succionaba desde abajo, como si unas manos invisibles tirasen de mí desde las profundidades y una gotas de saliva fría le salían de la boca y me caían en la cara.

El suave brillo del sol que se había demorado en el aire volvía todos los movimientos blandos y despaciosos, como ralentizados.

—Si lo único que quiero es estar cerca de ti —susurró, y yo me reí, porque su deseo era de lo más inesperado, de lo más infantil, casi cómico, y yo ya no estaba asustada, no me dolía nada, porque todo lo que me dolió en su día había desaparecido. Me reí, y oí que era una risa dura, metálica, y quise decir algo, pero cuando lo intenté, me salió tierra de la boca, un líquido grumoso y grisáceo, fango y lodo mezclados con fragmentos de hojas rotas del año anterior. Y no salió ningún sonido, ninguna palabra, solo esos trozos de tierra de sepultura y algo blanco, un líquido rancio pastoso que apestaba como las trufas. Veloz y duro me giró la cabeza a un lado de modo que me quedó un filo de cielo reflejado en los ojos. El cielo contra mi voluntad, pero ¿cuál era mi voluntad en el fondo? Quise ser libre, quise ser leve como el gas, pero no resultó nada bien. Tenía una mano que se extendía hacia el cielo y otra que escarbaba en el fango. Y en el cielo ya atardecía. Unas nubes rosáceas, borrosas, un poco rotas se extendían pegadas sobre la gran membrana del globo terráqueo. ¿Cómo podía ser todo tan bello y tan horrible la tierra? ¿Adónde podemos encaminarnos, cuando no hay adónde ir?

—Si lo único que quiero es estar cerca de ti —me susurraba él una y otra vez. Sonaba como una plegaria y yo volví a reír, más alto esta vez, y creo que no le gustaba cuando la gente reía, y sobre todo las chicas, porque todo se volvió oscuro, como si alguien hubiera cubierto el sol con una manta, una oscuridad que aullaba con fuerza y a través de la cual yo caía en un espacio infinito. Pasaron un instante y mil años. Rogué que viniera un ángel, pero no vino ninguno. Esperaba que este no fuera el final, pero sí lo fue.

Un día esto que estoy contando dejará de tener importancia, incluso para mí. Un día todos seremos parte de esa fina capa negra de tierra que cubre este planeta, perteneceremos todos al grupo de los que vivieron hace mucho tiempo. El cuerpo es fácil de lastimar, se compone solo de fluidos y elementos químicos. Él es el que nos otorga un lugar en el tiempo y el tiempo es un molde para el mal, un contenedor de oscuras experiencias. Aunque a veces pienso que lo peor es lo luminoso, que había momentos sin ninguna sombra y de todos modos Shane y yo no podíamos retenerlos. Como aquel momento en el que Valle sube hacia el cielo en el balancín de bebé y Shane y yo estamos viendo cómo sale volando hacia arriba y luego vuelve disparado hacia nosotros y ahora que tengo muchísimo tiempo veo que Valle siempre me mira con sinceridad y confianza en los ojos, que todavía conserva esa mirada que aún me cree en todo.

El cumpleaños de Raksha vino y se fue en junio, yo acababa de cumplir veinticuatro. Aunque nunca daba señales, sí solía llamar a Raksha por su cumpleaños y después de aquel empezó a contar los días. Pasaron dos días, pasaron diez y de pronto habían pasado tres semanas. Era en aquellas noches en que lo más oscuro es el crepúsculo, cuando la luz se queda rezagada la noche entera, esas noches de verano en que el amanecer se extiende como un jadeo en el horizonte, un velo de luz suave. ¿Comprendió Raksha que yo estaba muerta, que ya no existía en ninguna parte del mundo? ¿Sintió que lo que una vez fue parte de ella yacía ahora nadando en humor cadavérico? ¿Sintió alivio cuando encontraron las bolsas, una especie de liberación salvaje, algo prohibido que le pasó por la cabeza como la pavesa de un fuego a través de la noche? *Por fin se ha terminado, por fin no queda nada que llorar. Ni Eskil ni ella.*

Cuando tenía siete años me dieron un hermanito. Era lo más precioso que Raksha e Ivan me habían dado hasta entonces. Siempre lo teníamos en una cesta de la ropa que íbamos llevando de un cuarto a otro como una velita encendida que debíamos mantener ardiendo. Pero unos días antes de que yo cumpliera doce años se ahogó en el río.

Raksha y yo estamos en la misma situación, deberíamos tener todas las posibilidades de entendernos la una a la otra. Y aun así, no nos entendemos. O bueno, sí, entendernos creo que sí, pero no nos ha gustado lo que hemos entendido. Y si ahora apareciera a su lado, quizá me preguntaría lo que antes me preguntaba siempre: «Seguro que me has echado un poco de menos, ¿verdad?, mi niña boba». Y estaría en lo cierto, porque yo siempre he echado de menos a Raksha, aunque me he lastimado con ella cada vez que me he acercado. Luego me susurraría, con esa voz un pelín ahogada, pudorosa:

—Ya sabes que soy una torpe, todo lo pierdo y se me olvida todo lo que importa.

—Ya, ya lo sé…

—Incluso a mis preciosos hijos los perdí.

—Pues ya somos dos, Raksha —podría responderle yo, porque es verdad, aunque la verdad ya no le importe a nadie, pero hay cierto tipo de desesperación que no podemos compartir, al menos no con quien es el origen de nuestros días.

Es un paisaje arcaico, sobre el que soplan duros vientos fríos, parece nuevo, pero es ancestral. Un conjunto de islas rodeadas de quietas aguas marinas bajo un cielo desnudo. Fachadas en amarillo y rosa pálidas por el sol mezcladas con edificios más nuevos de acero negro y de vidrio. Edificios de bancos y centros comerciales y aparcamientos que parece como si pertenecieran al futuro, pero en las personas se mueven ancestrales los pensamientos, torpes, inmutables, hay presas, hay perpetradores, hay testigos, todos bajan la vista al suelo. En el centro viven los acaudalados, siempre ha sido así. Y la circulación sanguínea de la ciudad pasa por la calle Herkulesgatan y continúa fluyendo por los bancos y el dinero se mueve entrando y saliendo del Estado, y la arquitectura que rodea todo eso es cruda y fría. Unos están condenados a sucumbir, otros están destinados a proseguir, unos pocos se elevan por encima de los demás, y se ve muy pronto, los hijos están marcados desde el principio. Marcas de agua secretas o marcas de casta que brillan bajo la piel en la frente de los niños, y en esta ciudad también hay alguien que me persigue desde hace un tiempo, o que persigue a alguien como yo, a una muchacha a la cual ya no le importa la vida. Podemos llamar a ese alguien el cazador.

Imaginad ese campo de juego, y una ciudad que es un hervidero, coches y personas y el pulso del futuro que late a través de todo, porque en estos momentos el futuro aún está muy presente, discurre como una autopista enorme o como un río a través del paisaje. Todos creemos que nos llevará consigo, pero pensar en el futuro es añorar la muerte, y siempre hay algunas personas que se quedan en la orilla del río, en el barro, en el lodo. Imaginad luego una plaza como un tablero de ajedrez en el centro de esta ciudad, a unos cuantos metros de ese tablero estoy yo esperando.

Nos habíamos conocido unos días antes, una de tantas noches como yo pasaba en Herkulesgatan, y me dijo:

—Te voy a enseñar una cosa, creo que te va a gustar.

Había muy pocas cosas que a mí me gustaran en el mundo y me costaba imaginar que aquella pudiera ser una, pero no lo dije.

—¿Y si yo ya he dejado de querer cosas? —pregunté.

—Pues te lo doy de todos modos. A veces nos dan cosas que no sabíamos que queríamos.

De la farola que teníamos sobre nosotros salía la luz a raudales como una lluvia eléctrica gris e inmóvil. Desde hacía algún tiempo habían puesto farolas allí, para que se vieran los comercios, yo daba una patada a los postes cada vez que pasaba por delante y a veces se apagaban y la noche se extendía de nuevo sobre la calle y podía moverme sin sentirme perseguida por la luz. Él había estado tanteando algo que tenía en el bolsillo del abrigo, un paquetito plateado que mostró a la luz. Era morfina pura, dijo, y el corazón se me encogió de ganas. Un sentimiento totalmente limpio de fuego y piedras preciosas, y yo siempre pensé que las drogas eran como arder, pero sin quemarse, caer sin lastimarse. Al final siempre terminabas lastimado, claro, caías a través del mundo delante de las personas, así era, sí, pero lo que trato de describir es la sensación. Y así es como era. Nosotros caímos juntos, Shane y yo. Lo trágico de caer es solo que se tarda un montón de tiempo, puesto que es inevitable ofrecer resistencia aunque quieras que se acabe. Yo deseaba de verdad que algo me ganara la batalla, pero eso no sucedió, la voluntad de vivir seguía latiendo dentro de mí como un reloj de eternidad aterrador. Y así es como al final uno empieza a esperar a un cazador.

—Yo creo que sé lo que quieres —me dijo—. Creo que puedo dártelo.

Estaba hablando de la muerte, pero eso yo no lo entendí entonces, creía que hablábamos de otra cosa, pensaba en mi cometido, no podía pensar en nada más allá. Es una liberación tener un cometido que es lo único que llena el mundo. Una forma que habitar, como una plegaria. Él estaba pensando en la muerte. Un deseo secreto que lo impulsaba como un agua dura.

—Vale —dije yo.

Porque la sangre quería, el hambre me desgarraba las venas. Había dentro de mí una tormenta cuyo estruendo se imponía a todo lo demás. Yo solo esperaba que no fuera de los que pretendían hablar. Al final siempre era la misma historia y yo no quería más historias, quería que la realidad se extendiera como una herida abierta y sangrante. Por eso quería a Shane, él nunca me mentía.

Luego se sentó en el coche con la puerta del copiloto abierta y me esperó sin decir nada, ni siquiera me miró. Como si ya nos co nociéramos, como si tuviéramos un acuerdo. No parecía muy interesado, no estaba ni enfadado ni borracho. Tampoco era sombrío, me refiero a esa sombra que algunas personas llevan encima como si fuera una tapa. Estaba sentado al volante igual que una estatua y si no hubiera visto moverse los labios habría creído que la voz venía de dentro de mí.

—¿Vienes o qué?

—¿Cómo me has encontrado? —le pregunté una vez a Shane, muy al principio.

—Siempre te he estado buscando —me dijo él—, solo que no creía que existieras hasta que te encontré.

Yo tampoco lo creía, no creía que existiera la mujer en la que me había convertido ahora que estaba con él. La que no tenía miedo de nada y cuya risa hacía que la gente se volviera a mirar por la calle. Cuando conocí a Shane fue como si la vida empezara por fin.

Antes de que tuviéramos a Valle pensaba que si yo iba a hundirme de todas formas, quería hundirme con Shane, pensaba que si me moría no pasaría nada, puesto que moriría con él. Había visto tantas veces mentalmente la imagen de nuestros cadáveres que me resultaba tan real como si ya hubiera sucedido, cómo estábamos tendidos en el suelo uno junto al otro en un piso vacío con los labios negros y los ojos abiertos. Eso era la muerte para mí, y esa imagen ya no me asustaba. Entonces nunca se me pasó por la cabeza la idea de que no fuéramos a estar juntos cuando llegara la muerte.

Lo que se movía en el interior del coche era todo una única fotografía en blanco y negro que vibraba a causa del aire del ventilador que había en el salpicadero. La fotografía representaba a una mujer vieja con los ojos tan claros que parecía que el fuego le hubiera carbonizado el iris y la pupila. En el coche hacía calor y había un ambiente sofocante, y notaba los asientos ardiendo en los muslos, olía a ambientador de pino y a chapa. Cuando llega la muerte es silenciosa, nada de lirios tatuados, nada de huellas del Diablo. Entras en un coche, como has hecho antes miles de veces, sin pensar en el pasado ni en el futuro, sin pensar que el destino te tenga preparado nada de particular. Y aun así, lo sabes. Después, cuando te mueves por la memoria, entonces lo comprendes todo, entonces lo ves todo como a través del agua clara. Ves toda el alma de él, el depredador solitario que reposa bajo el sol trémulo justo antes de la carrera. Ves que los dioses contienen la respiración.

—¿Vienes o qué?

Fue como esa enfermedad mortal que luego se llevaría a todos mis amigos. Veíamos cómo nos seguía para agarrarnos igual que una mano oscura en la calle Herkulesgatan, pero todos creíamos que nosotros nos íbamos a librar. Con esa enfermedad no serviría ninguna oración, se mezclaba con el amor justo en el instante en que dos cuerpos se convertían en un único ojo palpitante. Pero cuando al final sucedió yo ya estaba lejos de allí.

Nanna y yo solíamos sentarnos en el puente que pasaba por encima de la calle Kungsgatan a ver circular los coches por debajo de nosotras. Nos sentábamos siempre muy alto y desde allí

veíamos las calles, y eso nos provocaba una sensación de eternidad, al menos a mí. Allá arriba éramos intocables, nadie podía
alcanzarnos allí sentadas como viejas ladronas o como ángeles,
y vigilábamos la vida de las personas de abajo. Éramos capaces de someternos a cualquier cosa, con tal de poder sentarnos
después allí juntas elevadas por encima de todo. Desde allí
nos reíamos de los hombres y de los chicos, de los nerviosos y
los sentimentales y los furibundos, de los que llamaban a gritos
a su madre y a Dios cuando se corrían.

—Es como una puta misa ir por la calle —decía Nanna.

Sus palabras siempre nos llevaban a otro lugar, esa risotada
frágil que tenía.

Pienso que debería contar algo de mi infancia, pero aquí la siento muy lejana, como si fuera cosa de otra persona, y de todo lo que pasó no sé qué contar. Tiempo después sucedieron muchas cosas que ahora me parecen más interesantes, como el que yo misma fuera madre, como el que me muriera. Primero te ves condenado a ser niño, es algo así como estar en una cárcel, y luego un día sales y ya eres responsable de tu vida. Así que, ¿qué importa en realidad lo que nos haya pasado? Pienso en las manos suaves de Raksha, en las pecas que parecía que se las hubiera maquillado en la piel, y en su cara cuando se tumbaba a tomar el sol y dormitaba a la orilla del río. Que toda ella era suave como la arena, cómo le olía el pelo, el sonido de su voz.

En todo caso, si contara algo sería lo del día que fui al hospital cuando tenía siete años y pude coger a Eskil en brazos por primera vez. Aún olía mucho a mar y a prehistoria y tenía un tubo muy fino en la nariz porque le costaba respirar. Yo me quedé allí sentada durante horas sin moverme y sin hacer otra cosa que mirar a aquella extraña criatura que acababa de salir de Raksha. También podría hablar de todo lo demás que Raksha me dio sin saber siquiera que estaba dando algo. Por ejemplo, cómo le cortaba el pelo a todo el mundo junto al río, cómo acudían a nosotros con unos peinados amorfos y desastrosos y salían de allí como si fueran otros, ennoblecidos. Siempre les daba algo de beber mientras esperaban su turno y a veces, cuando eran muchos los que estaban en cola, aquello se convertía en una fiesta y Raksha dejaba las tijeras y en lugar de cortar se sumaba a la celebración. Pero no pasaba nada, porque la mayoría no tenía trabajo y podían volver al día siguiente. Los mejores días eran cuando

Raksha decía que podía quedarme en casa y estar con ella en lugar de ir al colegio y nos pasábamos la mañana en camisón sentadas a la mesa de la cocina. Ivan se había ido hacía rato, se iba mucho antes de que nos despertáramos, y Raksha estaba haciendo el primer solitario del día y fumándose el primer cigarro y canturreaba con algo de resaca al son de la música de la radio mientras el humo suave del cigarro se elevaba hacia el techo. Yo nunca pensé en que no trabajaba, aparte de esos cortes de pelo que iban y venían por épocas. A veces había un montón de gente esperando, a veces pasaban meses sin que viniera nadie.

—¡Hazme un anillo de humo, mamá!

Siempre le pedía que me hiciera un anillo de humo y cuando lo hacía le pedía que hiciera otro y que lo colara por dentro del primero. Para mí aquello de los anillos de humo era un milagro, pensaba que cuando fuera mayor, yo también fumaría como ella.

En este viento se oyen las voces de todos los que desaparecimos contra nuestra voluntad. Oigo el eco de nuestra soledad, oigo gritos y ruegos y llanto de niños. Oigo el sonido desagradable de la sangre cuando salpica las paredes, cuando giran las cerraduras en el depósito de cadáveres. Siento miles de manos que se hunden despacio en los cuerpos infantiles y se quedan allí para siempre. Oigo los gritos de los mataderos, de los dormitorios de los niños, de las tumbas anónimas.

Parece que muchos habrían querido quedarse un poco más y captar la luz que quedaba, pero lo de la voluntad es complicado, una ilusión, por lo general. Es tan fácil confundir la libertad con la expresión plena de los sentimientos, con la intensidad, con la soledad, con la muerte. Y a vosotros también, más os vale acostumbraros a la idea de que la vida no va a ser como queréis, de que un día también vosotros venderéis algo de vosotros mismos. Puede que no el coño, pero con total seguridad el alma en el mostrador de perfumes de Åhléns, o como jefes de una cadena de televisión o como presidentes de una federación juvenil. Y entonces pienso que esto estaba ya decidido desde el principio de los tiempos, o al menos desde aquella noche de finales de los años cincuenta en que salí de las entrañas de Raksha, que un día me encontraría en el bosque con este cazador.

La muerte también tiene sus ventajas. Cuando estás muerto, no importa si no puedes pagar las facturas y que seas un perdedor. Cuando estás muerto, todos creen que les caías bien y se olvidan de tus aspectos negativos. Desean que vuelvas, pero nadie piensa en lo que ocurriría si de verdad volvieras, si por ejemplo un buen día aparecieras en el sofá de Raksha cuando ella se despertara de uno de sus sueños de pastillas.

—Hola, Raksha querida.

—Ah, pero ¿estás aquí?

—Sí, aquí estoy otra vez.

—He tenido un sueño horrible contigo.

—Ya lo sé, pero la muerte me ha dejado ir. Daba tantos puñetazos y patadas que al final pude marcharme.

—Madre mía. Ha sido un sueño horrible el que he tenido. Algunas cosas que sueño cuando tomo pastillas son tremendas. En fin, ¿qué hacemos ahora?

—No sé, la verdad, yo acabo de llegar. Mejor cuéntame lo que ha pasado.

—Pues… El médico nuevo es estupendo, es un poco como Jesús, me da todas las pastillas que quiera. Hoy, por ejemplo, solo he tomado somníferos para almorzar.

—Claro, comprendo que estés contenta… ¿Y qué me dices de Ivan? Ha estado aquí, ¿no?

—Uf, esa rata de alcantarilla…

—Pero ¿no te ponías un poco contenta de todos modos cuando estaba aquí? A mí me parecía que sí.

—Ya, bueno, puede que sí, pero ahora ha vuelto a irse. Tanto mejor.

Y luego miraría alrededor indecisa y algo avergonzada y nos quedaríamos allí sentadas y todo lo difícil que había entre nosotras, todo aquello que la muerte había difuminado temporalmente volvería, como el hecho de que ella no fuera la madre que yo habría necesitado y de que yo no fuera la hija que ella deseaba tener. Pero ¿quién tiene todo lo que desea?

Yo era jovencísima cuando empezó, no era una niña, pero todavía no me había convertido en una mujer. No sé si alguna vez llegué a serlo, pero un día no pude más con lo de siempre, entonces fue cuando me pasé al otro lado. Me vi en medio de una lluvia de cristales con el primer pico en la mano y si pudiera contaría lo hermoso que fue, como si todas las cosas de pronto estuvieran iluminadas desde dentro. Una pared de cristal que se quebraba sin ruido y que abría el mundo.

Un día encuentras algo que te hace libre, libre de verdad, como un niño que se pierde en el bosque y queda al cuidado de unos lobos y nunca averigua cómo volver a lo de antes ni recuerda siquiera que antes existiera algo. Te tropiezas con ello en el Vitabergsparken una noche tan larga como una eternidad y a partir de ahí ya no tienes miedo de nada, ni de la noche ni de los extraños ni de morir. Después volverá el miedo, y entonces lo acaparará todo, te aplastará contra la tierra, pero por el momento solo eres una sirena que ha encallado y que descansa en el capó de un coche. Una muchacha con los ojos de ámbar y el pelo suave, que luego resultará ser Nanna, me ha ayudado a atarme un cinturón rojo sangre alrededor del brazo, tiene las manos pálidas, igual que los ojos, de un azul desvaído por los lavados y artificial, pero las uñas tiran a albaricoque. Con el pelo así parece de cuento, se esconde tras la melena cuando se asusta, según comprendo después, es de un color tan pálido que pasa al gris.

Me late el corazón como si lo tuviera por fuera del cuerpo y este es un lugar sin vuelta atrás, lo sé, diga lo que diga más adelante, lo sé, en la hora de la estrella, uno lo sabe. Y lo sabe porque es precisamente eso lo que uno quiere, no volver nunca más a aquello que había antes, a uno mismo, lo último que uno quiere es ser uno mismo, y es muy sencillo, tanto como un latido, un paquetito plateado sobre una llama y ese olor a vinagre que se extiende por todo el cuarto, no se parece a ningún otro olor que haya olido antes. Un mar muerto mohoso, el interior de un ataúd, de una caracola. Y cuando la aguja da en una vena y ese líquido marrón burbujeante se mezcla con la sangre vomito allí mismo, y los genitales se me encogen como una medusa gigante. Salimos a la calle, Nanna y yo, y es como ir caminando por el agua o hundida en la nieve hasta la cintura o a través de puro amor, y de pronto estoy tendida en el capó de un coche, de la mano de Nanna, mirando al frío cielo desnudo y nunca lo he tenido tan cerca, como si estuviera dentro de mí al mismo tiempo que lo veo flotando allá arriba. Alguien me besa la nuca, no es Nanna, porque ella ya no está, alguien encuentra mi boca bajo la luz plateada de la farola, y ahí es donde empieza el mundo, ahí es donde el mundo se abre. Yo todavía no me he acostado con nadie, nunca he estado desnuda con nadie, nunca he besado a nadie, pero después de eso ya no soy virgen, un ángel desconocido fantástico borracho me ha violado y me ha sacado el espíritu al frío espacio exterior para jamás devolverlo otra vez a su sitio.

Lo que pasa no es que me vuelvo adicta ya esa primera vez, porque no me vuelvo adicta, me despierto en un cuarto lleno de la luz del sol después de haber dormido profundamente muchas horas, un sueño extrañamente circular, y el cuerpo se encuentra distendido y blando y normal y los demás se han ido de allí, solo queda Nanna durmiendo en bragas y camiseta debajo de la ventana abierta. Mi camiseta de Detroit está tirada en el suelo cubierta de vómito rosa claro y a mi lado en el sofá hay una pluma blanca que me guardo en el bolso antes de irme de allí. Cuando me dirijo a casa por la calle Drottningholmsvägen la encuentro diferente, es como más pequeña, más estrecha, más gris, a pesar de lo intensa que brilla la luz del sol. Es un mundo muerto. Ni pájaros ni árboles, aunque están ahí, pero no están ahí, un cielo azul mudo sin fondo, sin rostro.

En el piso todo está en silencio, tan solo la leve luz temblorosa que se eleva como en columnas en la cocina. Me acurruco detrás de Raksha y me duermo enseguida. Antes siempre era yo la que esperaba a Raksha, ahora es Raksha la que me espera a mí por las noches. Se sienta junto a la mesa de la cocina hasta que se da por vencida y se va a dormir. Y pasan los días, y todo es como ha sido siempre, y una mañana camino del colegio doy un rodeo por el metro, y cuando miro el reloj otra vez ya es demasiado tarde para ir al colegio. Porque ahora que lo sé no puedo dejar de pensar en que hay otro lugar, un afuera, un espacio más amplio o un lugar más verdadero, un paraíso que puede surgir dentro de mí en cualquier momento y que es el lugar que siempre he estado buscando. No es una obligación, no es que tenga que regresar, es que quiero volver, dejar que ese ángel me agarre otra vez, pero con más fuerza. Es Nanna quien abre la puerta cuando llamo al timbre, tiene la piel tan blanca como la nieve, los ojos más claros que el hielo tras las gafas de sol. Luego la gente llegará a decir que nos parecemos mucho, aunque ella es rubia y yo morena.

—Hola, bumerán. Ya sabía yo que ibas a volver.

—¿Sabías que iba a venir hoy?

—Creía que ibas a tardar un poco más. Pero tenía la esperanza de que fuera hoy.

Algo caía del cielo hasta mí cuando me veía con Nanna, era de plata y tenía un aroma como de ceniza y amoniaco y yo me figuraba, allí sentada a su lado y con ella una vez más ajustándome el fino cinturón en el brazo, que lo que me entraba a raudales en el cuerpo había hecho un viaje largo, quizá de muchos años, para alcanzarme a mí, que me lo daban porque llevaba mucho tiempo esperando a Eskil. El agua se lo llevó y luego se llevó también a Raksha y como compensación me daban aquella sensación que no se parecía a nada de lo que yo había vivido antes. Y me habían dado a Nanna, que era mucho mayor que yo y que no tenía miedo de nada. Es un estado sagrado, esa llamita azul y ese líquido oscuro que recorre la sangre, los latidos del corazón que me arrastran a otro mundo. Y ahí, en ese encantamiento, me encuentro por fin con Eskil, aparece caminando de ninguna parte, como salido de un cuento. El mismo gorro rojo chillón, tan pequeño y tan guapo como siempre. Tiene los labios negros, pero los ojos se ven claros y llenos de luz, como si estuviera vivo. Se para muy quieto a mi lado y levanta la vista para mirarme. Y a mí se me había olvidado lo pequeño que es, solo un poco más de un metro. Tiene la mano menuda como una flor.

—¿Estás muy enfadada, Inni?

—¿Por qué iba a estar enfadada?

—Porque me ahogué. Creía que estabas enfadada porque no te hice caso.

Uno cree que va a estar enfadado siempre, pero entonces llega un día en que no, un día en que ya no está nada.

—No estoy enfadada, aunque Raksha te echaba tanto de menos que por poco se ahoga ella también. Pero nadie está enfadado contigo.

Mueve los ojos de un lado a otro, como si siguiera con la mirada a alguien detrás de mí, en el cielo, un pájaro o un avión, aunque no hay nadie. Cuando lo toco, está frío.

—No me lo creo. Yo creo que ella también está enfadada.

—Raksha solo está enfadada consigo misma por lo torpe que es. Yo también soy torpe.

Todavía huele muy bien, todavía huele a Eskil, un poco a leche agria, un poco a detergente. Tiene los ojos más oscuros de lo que yo los recordaba, y no me atrevo a tocarlo, aunque está ahí mismo, a mi lado, tan cerca que lo oigo respirar. Me encantan sus breves suspiros.

—Debería haber venido en tu busca, pero no sabía cómo encontrarte —digo al ver que no responde.

—No importa. Ahora estoy bien. Ahora está todo bien.

—¿Seguro?

—Sí, aquí no echo nada en falta.

—¿A mí tampoco?

—Me habría gustado quedarme contigo, pero al final no salió así. Me llevaron. Y no creo que aquí pueda echar de menos a nadie.

—¿Quién te llevó?

Le acerco una mano, pero al hacerlo, él desaparece.

Todo el mundo levanta la vista al cielo, me pregunto qué estarán mirando. Todos menos Raksha, ella está sentada junto a la ventana y se observa las manos. Ahora están viejas, venosas y amarillentas, las uñas parecen garras. A mí me gustan muchísimo sus manos, me gustaría tocarlas. Ella se pasa los días ahí sentada haciendo crucigramas, cuando no está en el baño mirando las grietas del techo. Cuando va por la calle clava la vista fijamente en el suelo, por miedo a encontrarse con la mirada de un ser humano. Se la ve muy dulce ahí sola sentada esperando la muerte, no me canso de mirarla. Hace un tiempo la oí canturreando sola. A veces me parece que Raksha está exactamente igual que cuando yo era pequeña, solo que ha encogido varias tallas, tal como encogen las personas mayores con el tiempo. Sigue tiñéndose el pelo de color naranja chillón. A pesar de que nunca sale, se cuida mucho de que se vea lo plateado ni siquiera como una raya en la sien.

Un día alguien llamó preguntando por mí. Era un hombre, no se presentó y yo pensé que a lo mejor era alguien de antes que aún tenía mi antiguo número.

—Ahora mismo no puede ponerse —dijo Raksha.

—¿Y eso?

—Es que está muerta —dijo Raksha, y colgó.

Cuando volvió a sonar el teléfono, lo desconectó del todo.

VÉRTIGO

Fue el verano que desaparecí. Por las tardes, Raksha se sentaba en el sofá y miraba el rectángulo gris del televisor, por miedo a que hablaran de mí si lo encendía. Ninguna noticia tenía el mismo poder de atracción que las de mi cadáver, hallado aquel verano en varias maletas blancas. El televisor era su amigo más íntimo, pero ahora le parecía que las personas que había dentro la miraban acusadoras, miraban de reojo hacia donde ella se encontraba incluso cuando no hablaban de mí, y a ella le entraban ganas de acercarse el aparato y explicarse. Pero ¿qué iba a decir? *La que está sin cabeza en esa maleta es mi hija… Los trozos de carne que flotan en esos humores cadavéricos son mi ratita del alma…*

No me explicaba cómo esa Raksha que estaba sentada mirando por la ventana con un cigarro encendido allí delante en el cenicero pudiera ser la misma Raksha que yo siempre esperaba cuando era niña, la que una vez ocupó todo mi campo de visión y constituyó mi mundo entero. Tenían el mismo nombre y la misma cara, pero no se parecían en nada. Ella también fumaba, pero casi siempre rápida e inquieta, casi de mala manera daba unas cuantas caladas muy hondas antes de aplastar el cigarro en el cenicero. Y siempre tenía prisa. Ahora estaba totalmente inmóvil viendo cómo el humo subía hacia el techo, donde se dispersaba despacio hasta convertirse en nada. El humo es el tiempo que se le escapa, es imparable.

La ciudad al otro lado de la ventana de Raksha era un río que avanzaba veloz sin ella, mientras que su propio tiempo se había detenido. Las moscas se amontonaban en los atrapamoscas y la basura se quedaba en el cubo. Ella se pasaba los días sentada contemplando el gran letrero publicitario que cubría la fachada de la acera de enfrente. Si no hubiera estado allí, podría ver el cielo; ahora, en cambio, veía la fotografía de un paisaje con una mujer en bañador que corría por una playa. Parecía cansada, pero el corazón le latía tan fuerte que se apreciaba a través del vestido. Me habría gustado posar mi mano allí para calmarlo. El paisaje del anuncio de la fachada de enfrente era cuanto había ahora que ya no podía ver la tele. Ya no leía ninguno de aquellos libros suyos llenos de humedad, como siempre hacía antes, las letras se le entremezclaban en el papel y se le escurrían aunque usara la lupa. Era un mundo silencioso el que la rodeaba, pero ella bramaba por dentro.

No le había contado a nadie que me habían encontrado. Pero un día se sentó al lado del teléfono. Y dejó sonar el tono de llamada y oyó la voz de Ivan después de tantos años, rasposa y defensiva y todo un mundo volvió del pasado, de salvaje luz nocturna, y el sonido de grullas que volaban de aquí para allá en el crepúsculo y una desdicha enorme, y ella le preguntó si tenían nieve, aunque estaban en pleno verano. Y cuando se hizo el silencio, oyó de fondo el sonido de un partido de fútbol. Cuando había fútbol no quería que lo molestaran, pensó, y ella no quería molestar a nadie en el mundo, apenas a sí misma. Quería tumbarse a dormitar en la bañera y dejar que los días pasaran hasta que un buen día tocaran a su fin.

No sabía cómo iba a exponerle el asunto, qué palabras utilizar para contarle que el cielo se había roto en pedazos sobre su cabeza y que había caído sobre la tierra. Las palabras eran inaprensibles, brillantes y extrañamente ingrávidas, demasiado contundentes y demasiado endebles a un tiempo, así que dijo:

—¿Estás viendo el fútbol?

Él murmuró algo que se parecía a un sí.

—Entonces estarás contento. Aunque ahora a lo mejor te digo algo que te pone triste.

—Bueno, eso es lo que has hecho siempre —dijo Ivan, aunque ahora la voz sonaba más insegura, menos rasposa, como si en el fondo supiera lo que se avecinaba, pero se mantuviera en lo de antes, en un mundo que unos segundos después habría desaparecido para siempre.

Era la primera vez en muchos años que oía su voz, y aún tenía sobre él el mismo efecto, lo dejaba sordo de ira. Y él se quedó callado y ella se quedó callada, los dos esperaban a que ella dijera algo y durante ese silencio él sintió de pronto su olor, le llegó al salón con la misma claridad que si se hubiera filtrado por el auricular del teléfono. Acre y embriagador, un poco como a pegamento, así olía, un aroma que en su día lo impulsó a conducir kilómetros y kilómetros en plena noche solo para poder aspirarlo. Por instinto apartó un poco el auricular de la cabeza para ahorrarse lo que se avecinaba, para librarse de ese olor penetrante. En el fondo él ya sabía qué le iba a decir. En la mesa, delante de Ivan, había un periódico. Hacía unos días que mi cuerpo se ahogaba en la negra tinta de las primeras planas y ahora la voz ahogada de Raksha en el auricular, después de todos aquellos años. Aún no habían publicado fotografías de mi cara, y no daban ningún nombre, pero los artículos sobre mi cuerpo destrozado habían ido pasando por la vida de Ivan tal como pasan las noticias, como murciélagos raudos en la noche, horror y entretenimiento a partes iguales. Yo era de ese tipo de noticias que trazaban un círculo de luz en torno al lector, dentro de ese círculo existían el calor y la compañía, allí dentro uno estaba seguro. Fuera del círculo estábamos los que éramos sombras.

Raksha se abría paso a tientas por la gramática de la muerte, mientras escuchaba la respiración de él. La gramática de la muerte era esto: decir que era una catástrofe significaba una atenuación tan dolorosa que le costaba respirar. Aunque le costaba respirar todo el rato. Y si decía que quería morirse parecía de esas cosas que se dicen cuando has hecho el ridículo en una fiesta. Además, llevaba diciendo que quería morirse desde que le alcanzaba la memoria. ¿Era solo su lengua la que se había vaciado de contenido o era el mundo entero? ¿Dónde había una lengua capaz de describir lo ocurrido? Sylvia era la única a la que veía, y a ella no le había dicho nada.

—¿Por qué no le dices nada, Raksha? —le susurré yo al oído unos días atrás, cuando las vi sentadas en el balcón de Sylvia fumando al sol. Quizá lo intentó, quizá pensó decirlo, pero no le salieron las palabras.

—Ahora vas a necesitar a alguien, que eres una testaruda —le dije al vacío. Sonó solamente como si una suave brisa surcara el aire y pensé que ella solo quería hablar con Ivan, nadie más podía comprenderla, a pesar de la distancia. Y eso fue lo que hizo:

—Siempre llama por mi cumpleaños —dijo Raksha—. Llama y me pregunta qué quiero que me regale y yo siempre le digo que lo único que quiero es que vuelva… Pero esta vez no me llamó… así que pensé… En fin, entonces pensé… Se le ocurren a una tantas cosas… En realidad lo único que he hecho los últimos años es esperar… De verdad que me gustaría haber llamado por otro motivo ahora que llamo por fin, después de todos estos años…

Ivan no me había visto desde que tenía quince años, en su cabeza yo era aún la niña flaca que Raksha había llevado consigo en el tren hacía mucho. Al principio yo bajaba a verlo, pero luego dejé de ir. Raksha le escribía y le pedía ayuda cada vez que no sabía qué hacer, la última vez, cuando Shane y yo perdimos a Valle. Ivan nunca respondía a las cartas, pero las había leído, porque las tenía apiladas en la mesita de noche, los sobres estaban abiertos. Yo fui la niña de Raksha desde el principio y, desde que tenía memoria, siempre la buscaba a ella. No porque Ivan me diera miedo, sino que era como si él a los niños nunca nos viera de verdad. Pertenecíamos a otra especie, nuestras voces estaban a una frecuencia que él no percibía. Solo veía a Raksha, y todo su ser lo indignaba. Allí, junto al río, eran él y Raksha y su amor engullía cuanto había a su alrededor. A nosotros también.

Cuando al final nos fuimos de allí, Ivan se quedó en el andén fumándose un cigarrillo de despedida y hablando con una mujer con un abrigo rojo que también estaba allí para despedir a alguien.

¿O acaso la conocía ya? A Ivan se le daba bien conocer a gente nueva, siempre entablaba conversación con desconocidos, quizá nosotros fuimos los únicos que no llegamos a conocerlo nunca. La invitó a un cigarro y allí estaban ahora, mirándome cuando me asomé por la ventanilla. Raksha se escondió en un asiento del compartimento. Cuando el tren empezó a moverse, él dijo algo.

—¿Qué dices? —le grité en medio del silbido de los cables eléctricos del tren en movimiento.

—No confíes nunca en nadie.

—¿En ti tampoco?

—En mí menos todavía.

Raksha se enrollaba en los dedos el cable del teléfono y se secaba los ojos con el falso del vestido. No estaba llorando, pero últimamente le salía agua de los ojos todo el tiempo, le manaba silenciosamente. Perdió el hilo y volvió a empezar, y estaba avergonzada de haber tardado tanto en llamar. A la policía le dijo que solo estaba ella, que no había nadie más, y en realidad era cierto, siempre estuvo ella sola. Y luego no se animó a llamar. Fueron pasando los días, ella se sentaba con el auricular en la mano escuchando el pitido solitario del teléfono. Oficialmente seguían casados, tampoco eso se animó a arreglarlo, pero qué importancia tenía el papel de una institución después de tanto tiempo. Ahora se sentía como una loca por molestarlo con lo que le había ocurrido a su hija, la hija de ella. De ella nací, de ella nacimos Eskil y yo. De ella nació la culpa. Aun así, continuó.

—Tú siempre decías que no tenías hijos. Así que llamaba… Solo llamaba para decirte que ahora yo tampoco los tengo.

Al ver que él no decía nada, prosiguió.

—Alguien la ha descuartizado, o no sé cómo explicarlo. La cabeza no está. A lo mejor lo has leído en los periódicos, ¿no? Y lo más sagrado tampoco está.

Luego no dijo nada más, y él tampoco, se la veía como si acabara de vomitar sus propias entrañas allí mismo en el suelo, pálida y sudorosa.

Se quedaron en silencio escuchando cada uno la respiración del otro y el débil sonido de las voces que en aquel entonces podían oírse por los cables del teléfono, de todas las partes imaginables del mundo. Yo pensé que quizá en Polonia una mujer estuviera haciéndole una llamada parecida a un hombre polaco. A Ivan era como si le faltara el aire al otro lado, aspiró con fuerza varias veces, pero no estaba llorando. Al menos ella no lo oyó llorar. Al cabo de unos instantes, Raksha encendió un cigarro y dio unas caladas tan fuertes que tuve la impresión de que le crujían los pulmones. Luego dijo:

—Ivan, ¿sigues ahí? —Al ver que seguía sin decir nada, le susurró—: Pues nada, adiós, querido amigo. —Y colgó el auricular despacio desde su extremo del mundo.

Era la hora azul, cuando el sol y la luna se encontraban y la primera luz temblorosa de la noche y los restos de la luz del día se mezclaban como fluidos mágicos y envolvían el mundo en un palpitante resplandor violeta donde todo era suave e impreciso, sin contornos y sin sombras. Nos quedamos sentados un rato y él no me miraba, tenía las manos apoyadas en el volante y la mirada concentrada en el mundo que se extendía ante nosotros, aún no había puesto el motor en marcha. ¿A qué esperábamos?

Olía a piel rancia y a detergente, como si acabara de limpiar todo el interior del coche. Una sola silla infantil en el asiento trasero, un osito al sol sobre la tapicería. Las perlas de un collar colgaban del retrovisor que tenía delante de mí como gotas azules. Después he pensado que quería ofrecerme una última oportunidad de irme de allí. Tuve la sensación de que me miraba directamente al alma, más allá de todo lo que había pasado y de lo que estaba por llegar. Y no había forma de eludir esa mirada, la negra tinta de las pupilas que discurría bajo la curva pesada de los párpados, no había forma de eludir lo que estaba por llegar. Y entonces arrancó el coche con un zumbido. Suave, como un depredador que empieza a moverse.

El paisaje por el que circulábamos era suave y verde, arboledas de abedules, casas abandonadas y un cielo tan bajo que parecía como si estuviéramos a punto de adentrarnos en él con el coche. En el salpicadero había una foto de una mujer, pensé que sería su madre, pensé que él querría que ella lo viera todo el rato, hiciera lo que hiciera, y que aquello era algo que quería enseñarle.

—Esto es muy bonito —dijo.

—¿Tú crees? —dije yo.

—Sí.

—Vale.

—¿No lo ves?

—No.

El mundo parecía estar cargado de lluvia, un mundo de lluvia donde lo verde destacaba con una claridad más intensa, un mundo hundido en el agua. Las blandas copas de los árboles inundadas de clorofila. El asfalto, oscurecido por la lluvia. Sombras sangrientas de animales muertos. Tejones y pájaros. Eso es lo que yo veía.

—No me gusta la naturaleza —dije.

—¿Por qué no?

—No te puedes esconder.

—¿De qué quieres esconderte?

—De la luz más inmensa.

—Con lo mona que tú eres no tienes por qué esconderte.

Se hizo el silencio un rato, luego me alargó un paquetito plateado, el paquete que yo estaba esperando, el paquete por el cual había venido, lanzó un destello bajo aquella luz tenue, lo cogí y abrí el rígido aluminio y me puse a buscar las cerillas.

Y como siempre que el aroma a metal quemado y a vinagre ascendía sobre la llamita, se me encogían los genitales como con un espasmo, una lluvia plateada dentro de mí y una mano suave que me abrazaba por dentro, y el resto del mundo desapareció hundiéndose como si nunca hubiera existido. Llevé la aguja hasta el pliegue del brazo y no fue un subidón, hacía ya mucho que no era así, pero sí el mismo embrujo que se apoderaba de mí cada vez que el corazón se estremecía y se apaciguaba y yo caía a través de estratos de tiempo hasta que acababa flotando como en el interior de un útero. La sensación de la aguja que me atravesaba la piel irisada, violácea, el zumbido como de electricidad que sentía muy dentro de mí. Cerré los ojos y eché atrás la cabeza, y era como seguir hasta el interior del bosque a aquella bellísima criatura, seguir sus pasos hipnóticos mientras bailaba retrocediendo y de pronto descubrir, cuando por fin se da la vuelta y no tienes ni idea de cómo volver a la oscuridad, que su espalda no es más que una herida abierta negra y putrefacta.

Y así es. En realidad yo nunca he querido dejar la heroína. No en serio, ni siquiera por Valle y Solveig. Es una de esas revelaciones que te hacen ingrávido, la certeza de que hay algo que es más grande que todo el amor del mundo.

Yo le había dicho lo que costaba, doscientas cincuenta coronas, y habíamos decidido que iría con él. El precio se había desplomado últimamente, y yo me había hundido en el fango y el barro que había bajo la ciudad, debajo del suelo y del asfalto, donde se acumulaba la porquería, en los sistemas de desagüe subterráneos y en los refugios antiaéreos del metro donde las personas vivían como espectros.

Íbamos por la autopista y no sé si era la lluvia o si era el tiempo, que pasaba a toda velocidad como la arena de un reloj, pero en algunos sitios donde el paisaje se abría después de kilómetros de bosques de abetos se apreciaba perfectamente que la tierra era redonda, que se curvaba en un arco a lo largo de la hilera de árboles, diminutos como cerillas en lontananza.

—¿Adónde me llevas?

—Espera y verás.

—No veo nada.

—Puedes dormir un rato si quieres.

Él conducía con la mirada en el asfalto de la carretera mojada por la lluvia, como en trance, concentrado en algo que hubiera en su interior que no tenía nada que ver conmigo. No sé por qué, pero de pronto le hablé de Eskil. No le había hablado de él a nadie, ni siquiera a Shane.

Cuando yo era niña se veían los peces relucientes como un destello de plata repentino sobre la superficie del río hasta que desaparecían de nuevo para convertirse en sombras veteadas que recorrían el fondo. Podían verse castores en pleno día. Eskil y yo siempre andábamos espiando a la gente que se bañaba en el río.

Desde los árboles veíamos cómo nadaban los castores muy cerca de las personas, sin que nadie los descubriera. Esas cabecillas relucientes con los ojos negros como granos de pimienta que observaban los juegos de los humanos. Solo nosotros veíamos a los castores, desde los árboles que colgaban sobre la orilla del río donde nos pasábamos los días de verano enteros, solo nosotros dos teníamos tiempo para descubrirlos. El río nacía mucho más tierra adentro y cuando ya había pasado la central energética avanzaba precipitándose y las corrientes surcaban el agua como la electricidad, como unas manos peligrosas que te agarran, al menos así era en nuestra época. No es culpa de nadie que un niño desaparezca en semejantes circunstancias, son las fuerzas de la naturaleza las que dominan y ese peso tan particular que tiene una persona dentro del agua. Si no sabe nadar, se hunde como un objeto, como las piedras y las caracolas y la arena negra en el fondo del río.

—Pobre criatura —decía allí sentado a mi lado en el coche, y yo no sabía si se refería a mí o a Eskil. Tenía los ojos abiertos de par en par, sin sombras, sin animadversión, él, que, hacía un instante, había sido mi confidente, casi mi amigo. Pero yo no necesitaba ningún amigo, necesitaba un remedio contra lo que yo era, necesitaba algo en lo que creer, habría necesitado un milagro, pero ya era tarde para milagros.

Tal vez él también buscara un milagro, una liberación, algún tipo de gracia. Necesitaba a alguien como yo, había estado buscando a una chica que ya no sintiera miedo, que no temiera nada en el mundo más que el amor, más que la salvación. «Pobre criatura», volvió a decir. No creo que en ese momento tuviera la menor intención de hacerme daño, pero cuando me volví a mirar por la ventanilla no había asfalto, no había arcén, no había señales, solo la autovía que se agrietaba detrás de nosotros y se hundía en aberturas gigantescas en el suelo, como si nunca hubiera habido allí ninguna carretera por la que hubiéramos llegado en coche.

Conducía despacio a través de la lluvia, como si no supiera adónde íbamos, pero sí que lo sabía, había examinado los mapas, lo sabía todo acerca de los bosques del entorno y, junto al milenario lago de plata, había marcado en su mapa el agujero de los residuos. En aquel tiempo aún los había, unos hoyos oscuros donde uno podía arrojar cosas que quería hacer desaparecer, que desaparecieran de verdad, un charco de un líquido mugriento corrosivo sobre el que se arremolinaban en verano las moscardas verdes y brillantes. A lo mejor ya no existen, los agujeros aquellos, a lo mejor son de otro tiempo, no estoy muy segura. En todo caso, él iba cada vez más despacio, como si quisiera prolongar el momento todo lo posible, por lo valioso que era. Para mí también era valioso, puesto que sería el último. Pensé en las manos de Valle cuando estaba recién nacido, cómo se abrían y se cerraban igual que las medusas, cómo parecía que se agarrara a la vida con aquellos deditos, como buscándonos. Y después, cuando su manita buscaba la mía durante la noche. Pensé en Shane, en cómo me cantaba con aquella voz quebrada cuando no podía dormirme. Pensé en Solveig, a la que nunca llegaría a conocer.

Debería haber hecho con Valle como con Solveig. No haber tratado de ablandar el duro núcleo coercitivo de las dulces voces de las mujeres de Asuntos Sociales, ese destino que, de todos modos, ya habían decidido para nosotras y que no tenían más que ejecutar ante mis ojos. Con Solveig dije desde el principio que quería que se la quedaran, y así se hizo. Acudí a Asuntos Sociales, aún faltaban varios meses, pero Solveig ya se movía ingrávida dentro de mí y le latía el corazón, me dijeron. Latía como debía, me dijeron. Pronto empezaría a faltarle espacio allí dentro y tendría que salir, pero por ahora era solo mía.

—¿Entiendes lo que significa *para siempre*? —me preguntó la agente responsable—. No podrás recuperar a la criatura si luego te arrepientes.

—No me voy a arrepentir.

—Y no podrás verla.

—No quiero verla. Estará mejor sin mí.

Como sea, ahora ya empezaba a oscurecer todo a causa de los enormes árboles negros que rodeaban la carretera por la que circulábamos. Pesadas copas gigantes preñadas de lluvia que se inclinaban como si estuvieran rezando, y el paisaje se cerraba en torno a nosotros como una jaula. Ya era tarde para rezos, ya lo he dicho antes, ¿verdad?

Yo nunca le he rezado a Dios. «Pues deberías», decían las personas de Storsjön que se habían ocupado de mi hija. ¿Y qué iba a pedirle? ¿Recuperar a Valle? No tendría la menor oportunidad ante la insistencia y la pureza de sus ruegos para poder quedárselo. ¿Y cómo saben que no es a Satanás a quien están invocando cuando rezan, esos autosuficientes de mierda? No tengo nada que decirle ni a Dios ni a nadie.

Todo lo que sé es que entré en ese coche aquella casi noche de principios de junio.

—Te estaba esperando —dijo él en voz baja sin mirarme cuando pasamos por el aeropuerto. Era lo primero que decía desde que salimos.

—No me digas.

¿Cómo podía saber quién era yo? Yo, que no era más que otra de las personas anónimas que vivían de noche en esta ciudad, como un murciélago en la parte de atrás del mundo. Y aquí nadie sabía quién era yo, apenas lo sabía yo misma, casi nunca decía mi nombre. Decía que me llamaba John Wayne o Blancanieves, decía que volvía a mi hogar después de una tormenta horrible. Y en cierto modo era verdad, solo que antes de la tormenta nunca había existido ningún hogar. Me había marchado hacía mucho para encontrar algo que ya no recordaba qué era. Y entonces él se volvió hacia mí con una mirada tan intensa que me vi obligada a apartar la vista.

—A lo mejor tú también me has estado esperando, ¿no?

Pues no, y así se lo dije.

—¿Y entonces qué esperabas, guapita?

—Un milagro.

Él sonrió, parecía como si alguien de pronto hubiera tirado de un hilo atado a las comisuras, porque la sonrisa se extinguió enseguida.

—¿Cuál?

—¿Cómo que cuál?

—¿Qué milagro esperabas? No será a Jesús, ¿verdad?

En la naturaleza del milagro estaba el que no fuera posible imaginarlo antes de que se produjera. Lo único que uno sabía era que se trataba de algo que cambiaría toda la existencia para siempre. ¿Cómo podía él ignorar algo así?

—¿Por qué iba yo a esperarte a ti? —le pregunté para cambiar de tema, pues no quería hablar de milagros.

—No lo sé, se me ha ocurrido, porque yo sí estaba esperando a alguien como tú.

—¿A alguien como yo?

—Estaba esperando a alguien que no tenga miedo a nada, alguien a quien ya no le preocupe la vida.

Hacía mucho tiempo desde la última vez que pasé miedo, pero ahora volví a sentirlo, un reguero de nieve carbónica por la columna vertebral. A través de la ventanilla mojada contemplé la lluvia que caía del cielo, contemplé los árboles, que se inclinaban sobre la carretera, y era junio, era el mes apropiado para desaparecer, el mes para que te encontraran descuartizada, el mes para perder la cabeza, la lengua y los genitales. Los ojos de Solveig me seguían allí donde iba, y cada vez que cerraba los míos veía su mirada, era totalmente serena y clara y me observaba desde la eternidad. Y recorrimos un túnel de lluvia y flores y árboles y ahora el mundo era solo aquel cuarto, solo aquella sala, una tumba y un ataúd, una pared de árboles que pronto estarían todos muertos. Pero primero era yo la que tenía que morir.

Pensé que era como si siempre hubiera ido camino de este instante, como si siempre hubiera transitado este oscuro camino embarrado que te alejaba de la ciudad, y cuando me volvía y miraba por la luna trasera, veía la carretera desplomarse y desaparecer detrás de nosotros. Ningún camino por delante, ningún camino de regreso. Eso lo había pensado yo muchísimas veces sin comprender cuántos caminos tenía entonces aún. Ahora los caminos se habían acabado irremediablemente y, por un instante, me inundó un sentimiento de libertad, una oleada me pasó por encima, de un verde frío y brillante, era la oleada de Eskil, eran las frías y claras aguas del río, y pensé que ya no quedaba en la tierra nadie a quien le importara lo que me sucediera ahora, y tampoco me importaba a mí. Dije:

—Haz conmigo lo que quieras.

Algo más allá, un ave solitaria se precipitó sobre el lago de plata como si cayera del cielo, y pensé que la muerte no era más que encontrarse fuera del tiempo, encontrarse fuera de un cuerpo humano en el que el tiempo podía medirse, esa era la única forma de entenderlo, de entender la muerte, y el tiempo. Pero ahora ya no quedaba nada más que entender, al menos, no para mí.

Todos los depredadores dejan entrañas tras de sí, el cazador también. Mis entrañas se quedaron en la pequeña franja marrón de la playa, en el bosque. No tardaron en desaparecer, una zorra se las llevó a rastras, tenía las crías en una madriguera por allí cerca. Así es el orden de la naturaleza, nos crean para entregarnos a la muerte. ¿Será ese nuestro único cometido? Convertirnos en alimento para los animales. Lo último que quedó de mí en la playa se lo comieron las aves que volvieron después, una bandada de grajillas se llevó los restos. Trozos de carne rosácea en la orilla que ascendían al cielo con las grajillas.

Es una suerte que existan las aves, y los gusanos, y la putrefacción. Si a los muertos no nos metieran bajo tierra y nos descompusiéramos, acabaríamos formando pilas que llegarían hasta el cielo, rascacielos y torres de muertos. Pienso con frecuencia en cuántos somos los que ya nos hemos ido, infinitamente más que los que quedáis. Y aun así, no podemos haceros nada. Vosotros podéis hacer lo que queráis con nosotros, decir lo que queráis, arrojar tierra negra sobre nosotros y contar las historias que os apetezca. Nadie puede contrastar los datos con nosotros, eso es lo bueno que tenemos los muertos. La muerta es la amiga ideal, la que nunca lleva la contraria, y no cambiamos nunca, somos los mismos de siempre. Rígidos retratos. Al cabo de dos generaciones, toda persona cae en el olvido, la memoria humana no da para más.

¿Y qué más dijo en aquel coche que iba por la carretera rumbo a un bosque desconocido? Dijo que era cazador, que trabajaba de carnicero, que era arquitecto. O no, ¿no era juez? Bueno, ahora ya no importa, de todos modos no era ese el tipo de mundo en el que yo quería vivir.

Fue aquel primer verano en el que desaparecí. Raksha entró en el cuarto de baño, llenó la bañera y enseguida se metió en el agua. ¿Por qué le habría dicho a Ivan «Adiós, amigo mío»? Si ellos nunca fueron amigos… Se quisieron como dos perros, pero nunca se gustaron. En realidad Raksha nunca tuvo amigos, nos tenía a mí y a Eskil cuando éramos pequeños, y para ella era suficiente, y luego no tuvo nada de nada y al menos eso era verdad. Las pastillas eran sus mejores amigos, no es posible imaginar amigas más maravillosas, dulces y complacientes, nunca enredaban. Sylvia, la del piso de abajo, siempre intentaba entablar una relación, respondía con alguna pregunta a todo lo que le decía y siempre andaba fisgoneándolo todo con mirada curiosa, todo lo recorría con la mirada continuamente, y nada de lo que hubiera por allí escapaba a su vista. A veces Raksha colocaba un paño delante de los libros de la estantería porque pensaba que desvelaban demasiado sobre ella. Si no, Sylvia se plantaba delante con la vista clavada en los títulos como si aquello fuera una puta biblioteca.

Se miró el cuerpo, que había extendido en la bañera, estaba poroso y feo, y por la barriga le colgaba una piel floja que antes no tenía, quizá porque lo único que ingería ahora eran pastillas para dormir. Había hecho todo lo posible para mantenerse en el mundo. ¿Para esto? Ahora pensaba que ella sabía lo que le esperaba en el futuro, en todo momento veía las sombras que se adentraban en su vida, por eso quiso marcharse para siempre. Hacía mucho que había visto el hondo dolor que nos esperaba, pero era como una sombra que se iba desplazando continuamente, e Ivan y ella eran tan felices que por todas partes iban corriendo, así que entraron en esa sombra a la carrera. En realidad lo sabía desde el principio, que tanto Eskil como yo éramos demasiado milagrosos para ser verdad, sabía que nos había tenido solo para perdernos, un juego cruel con el que se entretenían los dioses cuando se levantaban con resaca. Y ahora nos habíamos convertido en esos sueños suyos nada realistas que en realidad siempre fuimos, inasibles, escurridizas versiones de pompas de jabón. En los sueños aparecíamos con nuestras chaquetas de invierno llorando y mirándola, y si trataba de alcanzarnos, nos esfumábamos sin más. Eso lo había aprendido Raksha de los sueños, que no podía tocarnos porque entonces nos alejábamos enseguida y nos deshacíamos. Así que no nos tocaba, solo nos miraba todo el tiempo que podía. De ese modo lograba prolongar los sueños. Y cada vez que se despertaba era de noche en el mundo y al final se salió con la suya. Instintivamente quiso resguardarse de lo que iba a ocurrir y no le fue posible. La obligaron a permanecer en el mundo como en una dictadura y ahora no había a quién contarle que ella tenía razón desde el principio.

Siempre se asustaba cuando caían las estrellas, nunca deseó nada más que esos niños que éramos nosotros. Intentó guardarse sus demonios sin conseguirlo. En cierto sentido, Raksha llevaba muerta mucho tiempo. Había estado tendida en el fondo de un ataúd mirando la menuda concurrencia que se componía de mí, que estaba allí llorando con la esperanza de que resucitara como un Jesús cualquiera. Así que se hundió bajo el agua caliente de la bañera, y ese mundo era silencioso y estaba lleno de calidez igual que el mundo de las pastillas, allí reinaba una luz siempre suave. Había llamado a Ivan y ahora ya no tendría que ascender nunca más al mundo real. En el piso fuera del baño sonaba el teléfono, una señal acuciante y chillona, pero debajo del agua caliente no la oía. Sonó varias veces y luego dejó de sonar.

Cada vez que se bañaba se quedaba en la bañera un buen rato después de haberla vaciado. El minúsculo remolino que se formaba en el sumidero cuando se colaba por él el último resto de agua era su vida, una espiral pequeñita de luz vital que se escapaba velozmente y sin ningún propósito. Cuando el teléfono volvió a sonar lo oyó, se levantó corriendo desnuda de la bañera y respondió. Era Ivan.

—¿Otra vez tú?

—Sí.

—Estaba en la bañera.

—Ah.

Luego él guardó silencio. Y ella guardó silencio. Se fue enrollando el cable del teléfono entre los dedos apretando tanto que le dolía. Tenía la sensación de que era ella la que había llamado y de que él estaba molesto.

—¿Querías algo, Ivan?

—Pues claro, si no, no habría llamado.

Otra vez parecía irritado.

—Podemos hablar un rato si quieres. Pero voy a ponerme algo de ropa. ¿Te esperas un momento?

—Sí.

Se dirigió corriendo al recibidor y se puso un abrigo, resultó que era uno de invierno, y luego se sentó y empezó a sudar con el auricular en la mano, el pelo chorreando y el cinturón de piel bien ajustado a la cintura, esperando a que él dijera algo. Y así siguió la cosa. Por la noche volvió a llamar y la mañana siguiente muy temprano y al poco tiempo ella empezó a esperar sus llamadas, cuando no llamaba le entraba dolor de estómago pero luego de pronto la señal del teléfono volvía a resonar chillona por todo el piso y se quedaban así, sin hablarse. Ella se acostumbró a su silencio y en realidad lo reconocía de antaño. Solían pasar mucho tiempo en silencio cuando estaban juntos en la casa, también entonces podían transcurrir meses sin que dijeran nada.

Durante esas citas telefónicas oía a veces de fondo el canto de los pájaros, seguramente porque él habría abierto la ventana, y recordaba el cielo, lo bajo que estaba siempre junto al río, estaba por todas partes, mientras que en la ciudad solo se atisbaba a trocitos y a retazos, nunca lo echó de menos. A veces lo que se oía de fondo era la tele, y entonces encendía la suya para comprobar qué estaba viendo él, y se quedaban así viendo la tele juntos. Cuando él estaba con ella no le daba miedo la tele y de todos modos él solo veía el fútbol. La respiración de Ivan le sonaba muy cerca en el auricular, ahora llenaba todo su mundo igual que hizo en su día, no se explicaba cómo había podido pasar tan rápido cuando llevaba tantos años arreglándoselas sin esa respiración. Cada vez que marcaban un gol él daba gritos de entusiasmo. Y a ella la llenaba de alegría oírlo y también gritaba de entusiasmo por dentro. Y cuando terminaba el partido, apagaban la tele, rápidamente, antes de que empezaran las noticias. Luego se quedaban otra vez en silencio, y la noche llegaba y se iba, ella había dejado de esperar a que él dijera algo, ahora casi resultaría absurdo que empezara a hablar. Por las noches se dormía en el sofá con el auricular en la mano y cuando se despertaba la luz había entrado en la habitación y el canto de los pájaros le llegaba a raudales por el teléfono, el sonido era muy intenso, muy cercano, como si los pájaros cantaran dentro de ella. No se atrevía a pensar en lo que iban a costar aquellas llamadas.

Raksha había dejado de arrancar las hojas del almanaque, dejó de hacerlo el día que llamó la policía. Ahora se encontraba fuera del tiempo, quizá llevaba ya mucho en ese estado, pero ahora ya no sabía si era de día o de noche, verano o invierno, guerra o paz, si era joven y aún esperaba que la vida comenzara o si ya estaba bajo tierra, y no saber era un alivio. Había oído decir por la radio en un programa sobre la muerte que si el tiempo y el espacio dejaban de existir, tampoco podía existir el dolor. El mal necesitaba el tiempo y el espacio para poder operar.

Era por la mañana temprano, se había dormido con el auricular en la mano, como todas las noches desde hacía una semana, y la despertó un pitido solitario que le resonó en el oído. Colgó enseguida y esperó a que él la llamara de nuevo. Y cuando llamó al cabo de unos minutos, le preguntó:

—¿Quieres venir a hacerme una visita, Ivan?

—No —soltó enseguida, con esa voz rasposa y gruñona. Luego le colgó y ella no supo más de él, pero la mañana siguiente se presentó delante de su puerta con la maleta en la mano. Ella acababa de despertarse y le abrió con una camiseta y las piernas desnudas, había dormido toda la noche de un tirón, puesto que él no la había llamado, y antes de dormirse estuvo llorando solo de pensar en lo tonta que era, y se dijo que quien llamaba sería Sylvia que querría que le prestara algún molde para hacer bizcochos o alguna tontería así.

Había cogido el tren nocturno, dijo Ivan bajito allí mismo, delante de la puerta de Raksha, mirando al suelo veteado con los fósiles, para averiguar más y para hacer lo que pudiera. En la policía no confiaba, y no tenía dinero para pagarse un hotel. Dinero o ganas, a ella le daba igual, se dio cuenta de que estaba furioso consigo mismo por haber venido y furioso con ella. No había palabras para el amor y tampoco para la muerte. Así que se acercó a su pecho y se quedó allí abrazándolo y escuchando ese corazón cansado y rabioso que le latía dentro. Al cabo de unos instantes, él la apartó, era lógico, la espantó como si fuera un gato pesado y se la quedó mirando con aquellos ojos azul hielo que siempre habían hecho que se sintiera repugnante y sucia. Pero ahora no le importaba, ya había visto lo que tenía que ver, se había enterado de lo que necesitaba saber. Tomaron café y siguieron con su silencio, él se dio una ducha y comió unos sándwiches y luego pusieron el televisor, eran las redifusiones de los programas de la tarde. Por ella, él podía hacer lo que quisiera, siempre y cuando no desapareciera ahora. Y cuando se acabaron todos los programas, él se le acercó. Fueron al dormitorio juntos. Una vez allí, ella se tendió despacio sobre él y luego permanecieron en la oscuridad juntos.

Él no podía ya como antes, pero no tenía importancia. Aquello era otra cosa, como si fueran dos personas muy ancianas.

Estaba temblando, y ella deseaba poder calmarlo. En el penumbroso cuarto era como si acabaran de aterrizar en el planeta, y al mirarse la piel Raksha vio que le brillaba, vio que la ropa se le había desprendido del cuerpo sin que ella lo advirtiera, la porosidad había desaparecido y esa crudeza rota por lo general siempre presente tampoco estaba. Él le rozó despacio la cicatriz bajo la gomilla de las bragas, y quizá estuviera pensando en nosotros, en Eskil y en mí. Aún seguía enrojecida, después de tantos años, cosida chapuceramente en su día, y a veces todavía podía dolerle, se le tensaba y le escocía. Raksha empezó a respirar más rápido de puro miedo mientras él la tocaba, rápido como un pájaro, y entrecortadamente, temerosa de que él se levantara de pronto y se marchara y de que cogiera el tren nocturno y no volviera a llamar nunca más. Pero se quedó donde estaba, y sus ojos no irradiaban ningún mal, según pudo descubrir ella. Cuando él se inclinó y le besó la cicatriz, yo aparté la vista. Aquello no era asunto mío. Era el momento de ellos dos en el mundo.

Raksha e Ivan aparecieron volando de la nada y se convirtieron en una familia, una constelación repentina tan transitoria y fortuita como una nube recién nacida en el cielo, tan breve y provisional como una bandada de pájaros que se alzan como uno solo en el cielo, condenados a que los disperse el viento.

Aquellos años junto al río, cuando Raksha e Ivan se pasaban las noches despiertos y Raksha me arrancaba del sueño con su risa generosa, yo estaba acostada y escuchaba sus voces que discurrían por el piso como bucles suaves. De pronto aparecía Eskil con esa corona de pelo rubio junto a mi cama.

—¿Me dejas que me quede contigo, Inni?

Yo casi siempre lo llevaba de vuelta a su cama cuando se había dormido, porque en la mía estábamos muy estrechos, pero él volvía al cabo de un rato, no conseguía explicarme cómo averiguaba dónde me encontraba yo mientras estaba durmiendo, pero lo sabía, y al final lo dejaba que se quedara conmigo. Se tumbaba enroscado debajo de mi brazo mientras al otro lado de la ventana silbaba el vendaval del invierno. A veces me levantaba, seguía las voces susurrantes del cuarto de al lado. Una melodía sonaba en el gramófono del salón, un bucle violeta.

A menudo se quedaban despiertos por las noches, Raksha e Ivan. Luego se pasaban durmiendo la mitad del día. A su mundo no era posible acceder, se habían encerrado en algo que era solo ellos dos. Así, a la luz de las primeras horas del alba se los ve jovencísimos, como eran antes, ahora que los observo me doy cuenta de lo breve que ha sido su vida, de lo poco que saben. Aunque ya tienen el rostro marcado por profundas arrugas.

Observo a los que son mis padres, Raksha e Ivan, mientras bailan despacio bajo la primera luz del día, mejilla con mejilla.

—¿Mamá?

Ella se da la vuelta, se libera a medias de su abrazo. Ha estado llorando, tiene hilillos negros debajo de los ojos y parece un mapache. Y ha bebido, ¿cómo iba a poder vivir si no? Luego se da la vuelta otra vez y siguen bailando, encerrados en ese paraíso y ese infierno que constituyen el uno para el otro. Están solos en el mundo, ellos dos, sin parientes, sin familia, al menos ninguno que viniera nunca a casa. Al verlos ahora no sé si es antes o después de lo que ocurrió en el río; pero cuando vuelvo a nuestro cuarto, la cama de Eskil ya no está junto a la ventana, así que tiene que haber sucedido ya. En el armario no hay ni rastro de su ropa.

Ellos dos, Raksha e Ivan, no conocían otra forma de vivir, y sin el alcohol estaban perdidos. Era como si una luz solar los embargara cada vez que sacaban las botellas. Un sol que, al final, se volvía un sol negro, al cabo de unos días o de unas semanas bebiendo, pero aun así, jamás se las habrían arreglado sin esa luz negra. Era un hambre que heredé de ellos.

Podría decirse que perdimos a Eskil porque Raksha e Ivan bebían, que se habían embrujado mutuamente y que los tenía embrujados la luz que hallaban en el alcohol. Pero también podría decirse que tras Eskil iban unas fuerzas superiores, que lo intentarían una y otra vez hasta salirse con la suya. Eskil siempre se hacía daño, desde muy chiquitín tropezaba y se caía y se golpeaba con las piedras y los bordillos, se caía de los árboles y de las rocas. Era como si una mano enorme lo cogiera desde el cielo. Recibíamos avisos, augurios, pero no escuchábamos.

NOCHE

Quiero que me devuelvan la cabeza, la echo en falta. La cabeza es lo primero de lo que se deshacen, puesto que es terrible mirar al muerto a los ojos. Lo que quieren es librarse de la mirada, por eso matan, para apagar la luz que hay en los ojos, ese extraño que nos mira desde su tierra extranjera. La cabeza casi siempre va a parar a un colector de desechos o a un contenedor de basura. La mía no, la mía va bajando despacio hasta el fondo, y desaparece por el agujero de residuos cuya superficie es rosa y cuando se hunde, el pelo se queda por encima como un paracaídas pequeñito. Nadie la encontrará jamás, el agua densa y burbujeante terminará por corroer primero la cara y luego el resto. Habría preferido acabar siendo el esqueleto de algún instituto de enseñanza, me habría gustado mucho estar allí como representante de los muertos en la tierra.

Habíamos llegado al lago, en el lindero del bosque, donde se terminaba la carretera, llevábamos una eternidad viajando por aquella carretera embarrada que iba desapareciendo a nuestra espalda, esa era la sensación. Cuando el motor se detuvo, nos quedamos en silencio contemplando la plata del lago, un pájaro negro solitario ascendía y descendía sobre la también negra superficie, el último pájaro del mundo, y era como si los dos esperásemos que ocurriera algo, el sonido del frío batir de alas de un ángel que por fin vendría a rescatarme. Pero yo ya estaba cansada de ángeles, estaba cansada de confiar en mi rescate y salvación, al fin y al cabo, ya nadie podría ayudarme. Este era el lugar en que iba a morir, este era el ventanal hacia la eternidad, el agujero por el que caería para salir del mundo. Estaba deseando oír el ruido de la tapa del ataúd sobre mí y que todo quedara por fin en silencio. Ni pájaros ni cielo ni luz ni salida alguna.

—¿Puedo fumar aquí? —pregunté, puesto que no estábamos haciendo otra cosa que esperar allí sentados. Me preguntaba qué estábamos esperando, el valor, quizá, de quitarme la vida, ese valor que yo misma no tenía. Pensé que tal vez él también tuviera miedo igual que yo. ¿Qué estaba haciendo en aquel bosque espantoso y junto a aquel lago espeluznante?

—Claro, fuma si quieres —dijo él, y abrió un cenicero que había en el salpicadero.

—¿Quieres uno?

Yo normalmente no ofrecía a nadie, lo normal era que pidiera aunque tuviera un paquete, para no quedarme sin tabaco.

—No —dijo—. No soporto el tabaco ni el alcohol. Es de lo más sucio.

Sí que era gracioso, se le había olvidado que estaba hablando con una drogadicta.

—Vale —dije, y encendí el que iba a ser mi último cigarro, yo ya lo sabía y, una vez más, la llamita se encendió delante de mí, la luz azul del centro del fuego y el olor a azufre que producía picor en la nariz y el humo que llenó enseguida el interior del coche.

—Tú fuma, cariño.

Y yo me puse a fumar mientras miraba la foto de la mujer que había en el salpicadero, ella también estaba esperando, como nosotros, igual que yo confiaba en que Eskil me esperase en algún lugar que se pareciera a un cielo. La mujer tenía en los ojos una mirada ancestral, como si nos observara desde el punto de vista de la eternidad, una mirada dura, introvertida, y unos ojos tan claros que parecían inhumanos.

—¿Quién es? —terminé preguntándole, por tener algo que decir, y porque la mujer nos estaba mirando. Me temblaban las manos mientras sostenía el cigarro, se me movían los párpados con un tic, y creo que se animó al ver el miedo que tenía.

—Ella es parte de mi trabajo.

—Pensaba que sería tu madre —dije para ganar tiempo, porque de pronto, quería tener más tiempo. ¿Para qué? ¿Qué iba a hacer con él? Si el tiempo ya se había terminado, y eso era precisamente lo que yo quería, que no hubiera más tiempo.

—Yo no tengo madre —dijo, y salió del coche.

Yo no sabía adónde me dirigía, pero sí que no podría llevar nada conmigo. Que pasara lo que pasara, mi maleta se quedaría en el mundo. Me habría gustado poder llevármela. Al menos las fotos de Valle. Aunque esas las llevo dentro de mí, claro, grabadas a fuego en la cara interna de los párpados. A estas alturas no tengo párpados, pero ya sabéis a qué me refiero. Viajo ligera. Viajo ligera de equipaje.

—¿Y cómo murió tu madre? —pregunté. Él se sobresaltó, como si lo hubiera golpeado. Ahora pienso que detestaba esa palabra más que ninguna.

—¿Acaso he dicho yo que esté muerta?

—Acabas de decirlo, has dicho que no tienes madre.

Me miró rápidamente, como para comprobar quién era yo. Quizá hubiera llevado en el coche a tantas chicas que ya no podía estar seguro de que fuera yo de verdad. ¿Importaba acaso que fuera yo? Siempre pienso que me eligió, pero quizá solo fue casualidad o eso que llaman el destino.

—Que hayamos perdido a alguien no significa que ese alguien esté muerto —dijo, y a partir de ahí ya no hablamos más. No había nada que decir.

Yo quería ganar tiempo, aunque también quería que todo pasara rápido, pero lo que me asustaba era el final mismo. Tenía miedo de empezar a correr de pronto y de que él me atrapara entre las manos como a una rata, tenía miedo de que algo prendiera dentro de mí, una voluntad, un deseo, una pulsión de supervivencia. Sabía a qué se refería. Nadie había muerto, pero yo había perdido a Raksha hacía mucho. Ella seguía viva, pero yo había dejado de ser su hija.

—Ya no puedo seguir siendo tu madre.

—¿Por qué?

—Ya no queda nada.

—Pero yo sigo aquí.

—No es suficiente, Inni.

Con el tiempo llegué a pensar que quizá nos pareciéramos, el cazador y yo, la misma calma interior, la misma forma de estar sentados esperando sin correr, sin tratar de detener lo que llevamos dentro, la pendiente, la ingente fuerza destructiva que alberga un ser humano y que no se puede ver, pero que lo arrastra hacia abajo, inexorablemente. Pero no se lo dije, sino que le pregunté:

—¿Puedo fumarme otro cigarro?

—No. ¿Nos vamos?

No era una pregunta, me estaba informando de lo que iba a suceder acto seguido. Así que salí del coche, y dejé la maleta en el asiento, me detuve un segundo para cogerla, pero sabía que no iba a necesitarla más, me la había regalado Shane cuando cumplí veintitrés. Tenía la sensación de que hiciera mil años. Me preguntaba qué haría con ella el que ahora caminaba tras de mí como una sombra, qué haría con esa maletilla color blanco sucio en la que guardaba todo lo que poseía, me preguntaba qué haría conmigo, me preguntaba qué haría con lo que quedara de mí.

Aquí, a la orilla de este lago milenario, no había ya ningún mundo, no había nada, nada que indicara que el ser humano hubiera existido sobre la faz de la tierra, solo el olor a esas aguas quietas y la neblina que cubría el terreno como el humo de un incendio. «Aquí estoy, mamá», susurré. Pensaba que tal vez ya estuviera muerta. Tal vez él ya me hubiera estado persiguiendo al filo de la carretera y me hubiera alcanzado y me hubiera arrastrado a la cuneta y me hubiera sujetado y me hubiera estrangulado y me hubiera descuartizado y me hubiera enterrado. Tal vez yo ya hubiera corrido al interior de aquella sombra que era la muerte, como un ciervo que va a la carrera entre los faros del coche, incapaz de apartarse de la vibrante luz, condenado a correr hacia ella y a estrellarse contra la carrocería. Tal vez yo me moviera ya fuera del tiempo, fuera del mundo aunque a la vez seguía en este viejo lago, no sabía si estaba viva o si estaba otra cosa, no sabía si era tierra o sangre o nada. Deseaba que Raksha no tuviera que ver lo que quedara de mí. Deseaba poder ahorrarme el final. Pero el final llegó, y yo estaba allí.

Y oigo la voz de Shane a través del tiempo y del bosque y de todos sus sonidos. La voz está cerca y suena suave y corre dentro de mí como un riachuelo aterciopelado y fino:

—Lo difícil es darle a alguien algo que no le hayan dado nunca.

—¿Y por qué es tan difícil?

—Porque nunca reconocerá lo que es bello, por bello que sea, si nunca lo ha visto con anterioridad.

—Pero nunca jamás tuve miedo estando contigo, Shane.

Guarda silencio un instante, antes de que la voz vuelva a mí:

—Pues yo siempre tenía miedo cuando estaba contigo. ¿No lo entiendes?

—Siempre voy a tener miedo de mí mismo cuando esté cerca de ti —dijo Shane, y ocultó la cara en mi sucio jersey. Había oscurecido a nuestro alrededor, habíamos vuelto a follar, aunque se suponía que no volveríamos a hacerlo, y los murciélagos se precipitaban volando sobre nosotros con las alas extendidas entre los negros árboles nocturnos. Yo estaba allí tendida y veía las sombras minúsculas que aleteaban como pavesas en el aire y sabía que volvería a elegir a Shane una y otra vez si pudiera hacerlo todo una vez más, porque esos instantes de intimidad total, cuando él me buscaba las venas en el brazo mientras yo no paraba de temblar, cuando veía la silueta de la cara de Valle como una superposición veloz en la suya, cuando me zarandeaba ante la ventana desde la que yo había estado a punto de saltar para hacerme comprender que lo había herido. El vértigo y la ternura después, cuando tiró de mí hacia dentro y los dos nos desmoronábamos bajo la ventana, y Shane lloraba tanto que yo creía que terminaría rompiéndose en pedazos. Estábamos aterrados de ver lo que provocábamos el uno en el otro, pero era más grande que todo lo que conocíamos y es que solo el amor puede ahuyentar el mal. Claro que, como el amor no se ve, hay que creer en él, y eso era lo que a mí me resultaba tan difícil, porque yo nunca he creído en nada. Ni en el amor ni en nada. Aunque creo en la muerte, creo que la muerte es el final, eso espero, que sea verdad que aquí termina todo.

Cuando Shane y yo nos casamos, robamos las flores de una tumba camino de la iglesia. Un puñado de lirios blancos que él sujetaba contra el corazón mientras estábamos allí de pie, delante del altar. Detrás del altar flotaba María con su niño Jesús. En aquella iglesia habíamos dormido algunas veces, en el suelo, entre los bancos, pero esa vez estábamos allí para casarnos, a pesar de que ninguno de los dos creía en la eternidad. Ni lo favorecía la época ni nosotros éramos ese tipo de personas. Lo observaba allí a mi lado con el traje viejo que habíamos recogido aquella misma mañana en la tienda de beneficencia, le quedaba un poco grande, olía a antipolillas y a agua de colonia. Se lo veía contento y asustado, aún tenía el pelo algo húmedo, por el camino nos habíamos bañado en la bahía de Norr Mälarstrand, parecía que acabara de venir al mundo. Y Shane y yo prometimos que nos querríamos en la salud y en la enfermedad, y no fue difícil de prometer, yo aún me despertaba por las mañanas y pensaba que él era el ser más hermoso de la tierra, lo difícil era mantener las promesas. Pero eso es lo que tiene casarse, que la ceremonia borra el pasado y uno tiene la oportunidad de volver a empezar. No habíamos dejado de querernos, ni siquiera eso lo habíamos conseguido, lo intentamos, pero sin lograrlo. A Shane se le llenaban los ojos de lágrimas mientras estábamos allí, delante de los poderes supremos, pero no se le desbordaban, había pasado una eternidad desde la última vez que alguno de los dos lloró. Cuando la desesperación se vuelve lo bastante grande, ya no es posible llorar.

Y las campanas de la iglesia sonaban cuando salimos a la luz del sol, que era tan intensa que nos cegó, y descendimos cada uno por un lado de la escalinata de la iglesia, yo por la derecha, él por la izquierda, y anduvimos varios metros hasta que nos dimos cuenta de que el otro no estaba. Yo iba encerrada en mí misma, inasequible, aturdida por la fuerte luz, débil a causa de aquella felicidad sorda, nerviosa. Creo que no le contamos a nadie que estábamos casados, ni siquiera a Nanna. No hubo ningún testigo, ningún Valle, ningún puñado de arroz lanzado al aire como una lluvia luminosa cuando salimos de la iglesia, ni siquiera sé si llegó a registrarse el matrimonio. Para nosotros nada iba nunca en serio, tratábamos de imitar los rituales de las personas de verdad sin conseguirlo. Lo peor era que yo creo que Shane me quería de verdad.

—¿No podemos hacer alguna locura, algo que sea un error de verdad? —me dijo.

—¿Como qué, por ejemplo?

—Casarnos…

Se echó a reír.

—¿Y de qué nos iba a servir?

—No lo sé, pero llevamos muchísimo tiempo solos.

—¿Y vamos a estar menos solos si nos casamos?

—Podemos estar solos los dos juntos mientras esperamos a que suceda un milagro.

—¿Qué milagro?

—No sé, esperamos y ya está.

Nunca nos dijimos que creíamos que nos ayudaría a recuperar a Valle, pero esa era la verdad.

La gente siempre cree que fue Shane quien me arrastró a la mierda, pero se equivocan, yo era la que más echada a perder estaba, yo era la que quería que la cosa fuera rápido. Y verdaderamente fueron las drogas las que me salvaron del amor, porque creo que nunca nos metimos tanto como nos metimos luego, la primera época de recién casados. Cuando terminó el verano descubrimos que estaba embarazada de Solveig. Una oscura sombra pequeñita crecía en el paisaje muerto que llevaba en mi interior.

Ocurrió aquel primer verano, y allí estaba ahora mi foto, en todos los periódicos. A mí siempre me han resultado desagradables las caras, que estén tan desnudas, es inapropiado. Le enseño con gusto el coño a cualquiera, pero la cara y, sobre todo, los ojos, no quiero que los vea nadie. Raksha e Ivan estaban sentados a la mesa de la cocina comiendo tostadas y mirando afuera, era de noche, después del segundo día juntos. El río de vehículos y de personas le resultaba distinto ahora que no lo veía ella sola, ahora estaba más cerca y se percataba de que no había nada que temer de lo que se movía allí. Las mujeres que acarreaban pesadas bolsas de la compra totalmente sumidas en sus pensamientos. Algún que otro niño que iba corriendo por la acera y viejos solitarios que avanzaban tan despacio que parecía que estuvieran quietos. Como los buques en el horizonte junto al estrecho de Kattegat, parecían inmóviles, pero cuando mirabas al cabo de un rato siempre se habían desplazado un poco. No había ningún mal en aquellas personas.

Ivan dijo que saldría a buscar por la ciudad.

—¿A buscar qué? —preguntó ella, temerosa de que desapareciera si se iba del apartamento, de que se desvinculara de ella en el aire claro de la calle. En lugar de responder a su pregunta, la miró como si fuera idiota. Y desde luego que lo era, no cabía sino estar de acuerdo. Se convirtió en algo así como una prisionera de ese miedo. Llevaba años arreglándoselas sin él y ahora se había dejado aprisionar de nuevo. Si él desaparecía, ella se tiraría por la ventana. Hay cosas que nunca se nos terminan de pasar, y cuando descansaba tendida sobre el pecho de Ivan por la noche y escuchaba su respiración, no deseaba encontrarse

95

en ningún otro lugar del mundo. Ni siquiera en el de los somníferos.

—¿Volverás a casa luego?

—¿A casa?

Siempre conseguía que se sintiera una idiota con su forma de mirarla. Esa frialdad, parecía como si la quisiera muerta. Pero, si era una idiota, ¿qué hacía aquí con ella? Tal vez los dos querían cada uno a su idiota, tal vez fuera eso lo que tenían en común.

—Puedo acompañarte adonde vayas —dijo ella, preparándose para que la mirada se volviera más dura aún. Sin embargo, lo que ocurrió fue que entró en ella algo de luz, no mucha, pero la suficiente para que se atreviera a ir en busca del bolso y a ponerse el abrigo y plantarse delante de él a esperar.

—A lo mejor puedo ayudarte —le dijo.

Estaban abajo, en la playa del parque Haga. El sol brillaba sobre las aguas y el aire era suave, solo con el débil aroma a fuego que siempre flotaba en el ambiente a finales de verano. Cuando un avión pasaba volando el ruido se imponía al del tráfico de la autovía. Ivan parecía un pobre general allí vigilando el mar, con la espalda muy recta, en guardia. A intervalos largos hacía como si ella no estuviera allí, pero a veces se fumaban un cigarro juntos o se comían los bocadillos de salchicha que ella llevaba preparados. Seguían sin hablar. Tampoco había nada que decir. Y tampoco iban a encontrar nada. El paisaje se extendía hermético, no desvelaba nada. Los árboles no relataban nada, las copas crujían y se mostraban indiferentes a todo, salvo que se estiraban sin cesar hacia el cielo. O quizá solo fuera que echaban de menos una voz, igual que yo.

—Mamá —susurré, pero no me oyó nadie.

Ivan le había dicho a Raksha que él notaría dónde se encontraba el asesino, que podría utilizar su instinto, pero en realidad no notaba nada. Y este lugar era como cualquier otro, hierba y cielo y árboles y el aroma de las quietas aguas estivales que se deslizaban de un lado a otro en el canal. Fueron deambulando por allí como por un gigantesco mapa abandonado, ahí estaban los senderos, ahí estaban las arboledas, ahí estaba el palacio, pero de nada servía, el paisaje no decía nada. No había ningún rastro de mí y del cazador, más que la hierba aplastada justo donde estuvo la maleta. Los olores eran nuevos, había estado lloviendo todo el verano, y la naturaleza protegía sus secretos, crecía y trabajaba incansablemente.

Acudía a ella cada noche, desarmado, o armado solo con las alas que aún tenía por manos, era como si entraran en un espacio que no existía durante el día, donde ellos eran uno solo y donde nunca había existido entre ellos ninguna hostilidad, y cada día volvían al Haga. Sabía que él no quería ir solo, aun así temía a diario que la dejara en el apartamento. Así que preparaba bocadillos y se ponía el abrigo y luego se sentaba a esperar. Sería capaz de hacer cualquier cosa para no volver a quedarse sola, era una sensación muy desagradable. Echaba de menos la época en la que él no estaba allí, cuando ella era dueña de sí misma.

Por las noches, cuando me iba a dormir, hace mucho tiempo, cuando aún estaba viva, cuando aún respiraba, en unos servicios de la estación Central o en el suelo de la casa de alguien, entonces me imaginaba nuestro planeta cuando todos hubiéramos desaparecido. Veía las carreteras sin coches y las ciudades vacías de gente, y el silencio que se extendería sobre el mundo cuando nuestra especie ya no estuviera aquí, cuando las fábricas hubieran enmudecido, cuando las columnas de humo que llevaban dos siglos surgiendo de ellas se hubieran esfumado, cuando no hubiera ya más aviones en el aire. En los sueños yo siempre iba sobrevolando aquel paisaje plácido y blando y pensaba que la fronda no tardaría mucho tiempo en perforar el asfalto ni las autovías en desaparecer, en tan solo unos siglos se habría borrado el rastro de los seres humanos. Veía crecer la fronda donde yo estaba enterrada, cómo se enredaban las ramas y los árboles que poco a poco saldrían por las ventanas de los viejos edificios. El reluciente surco de la calle Herkulesgatan desaparecería, la loma de la colina de Brunkebergsåsen se habría hundido en las antiguas hondonadas, sería como si nunca hubiera existido. Los grandes almacenes y los edificios institucionales y los aeropuertos quedarían ocupados por los pájaros y el viejo edificio de Bankpalatset se derrumbaría y entre sus restos crecerían árboles altísimos que se alargarían hacia el cielo. Y los árboles se llenarían otra vez de insectos y volverían las mariposas y las libélulas.

Esa idea me tranquilizaba, pensar que todo lo que era nuestro mundo iba a desaparecer un día. No era solo yo la que sucumbía, sino la humanidad entera.

Ivan le dijo a Raksha que les llegaría algo si esperaban, y tiempo sí que tenían los dos. Así que siguieron caminando, de día deambulaban por el lugar en el que me habían encontrado. El agujero en la hierba era cada vez menos visible a medida que pasaban los días, el color pálido tirando a ocre desaparecía y volvían los colores y la hierba se elevaba imperceptiblemente cuando la luz del sol y la lluvia tocaban la tierra. A veces estaba tan hermoso que Raksha sentía un dolor al contemplarlo, cuando el sol bajaba sobre las siluetas de los edificios al otro lado de la bahía y envolvía el palacio de Haga y el resto del mundo en una suave luz color albaricoque. Hasta ahora no había visto lo bonito que era el mundo, las telas de araña, que brillaban entre los troncos húmedos de los árboles, y el limpio olor a tierra que ascendía del suelo en esta época del año. Pensaba en lo prodigioso de que al final tuvieran otro hijo ellos dos. Después de tantos años. Solo que la criatura en sí no estaba. A veces se le ocurría que yo iba a aparecer recién nacida en la tierra, como una flor, encerrada en un capullo del que nacería limpia y brillante y rosa. Y la transformación llegó tan despacio que apenas se notó: al principio era al asesino al que buscaban junto a la playa del palacio, pero poco a poco fueron cambiando el rumbo y empezaron a buscarme a mí. No habían olvidado lo que pasó, pero cambiaron el rumbo de su búsqueda sin decirlo abiertamente. Ninguno de los dos había visto mi cuerpo sin vida, me habían visto nacer, pero no me habían visto morir.

A veces el cazador también acudía allí, pero siempre de noche, y cuando caía la noche Ivan y Raksha solían irse a casa. Entonces él andaba un rato por el lugar y se impregnaba del paisaje y los olores que lo envolvían, tierra y agua y cierto matiz a azufre. Pronto no quedaría ni rastro de mí, la hierba que terminó aplastada y amarilla en el suelo se levantaría, la leve hondonada que provocó el peso de la maleta dejaría de apreciarse en el entorno. El cazador quiso dejar una marca de algún tipo, pero ya había desaparecido todo. Justo antes de que empezara a caer la nieve el primer año colgó mi sujetador de un árbol de por allí cerca, pero nadie alcanzó a verlo antes de que cayera de la rama y quedara enterrado en la nieve, salvo una niña que se quedó un buen rato mirando hasta que su padre se la llevó de allí.

—Mira, papá, el árbol, hay algo en el árbol.

A mí me parecía que sobre aquel lugar brillaba una luz diferente, pero quizá fuera por su proximidad al resplandor del agua. A veces me parecía que se abría un agujero arriba, en el cielo, y que una luz supraterrenal penetraba la masa gris de las nubes y bajaba, y cuando esa luz se filtraba entre los árboles no se parecía a ninguna otra luz. Era dorada, una luz de otro mundo.

Raksha e Ivan empezaron a ir al centro por las mañanas, iban siguiendo mis pasos o lo que creían que habían sido mis pasos, y se los veía muy solos allí de pie esperando en la calle Herkulesgatan bajo la lluvia otoñal. Un hombre y una mujer que parecían mayores de lo que en realidad eran y que estaban atentos a cuanto sucedía en los alrededores de Bankpalatset. No parecían policías ni trabajadores sociales, no parecía que se drogaran, simplemente se quedaban allí tan normales y corrientes y tan grises y asustaban a las chicas y a los puteros. A lo mejor no era ningún delito estar así como estaban ellos, de la mano y mirando al frente, pero un tren expreso que cruzara a toda máquina la calle Herkulesgatan alteraría la actividad mucho menos que ellos. Parecía que hubieran salido de otro siglo: demasiado callados, demasiado grises, como congelados. Cuando los miraba me parecía como si una gran mano divina los mantuviera pegados al suelo, pero debía de ser otra cosa, porque yo por aquí no he visto dioses.

A veces se sentaban en las escaleras de la plaza de Sergel y se ponían a mirar el tablero de ajedrez y otras veces en los jardines de Kungsträdgården, bajo los árboles desnudos. Allí no molestaban tanto como en Herkulesgatan.

—Te quiero, Ivan —le dijo Raksha mientras estaban sentados en un banco lleno de cagadas de pájaro de Kungsträdgården y esperaban cada uno con un helado de cucurucho en la mano.

Él no respondió, pero no pasaba nada, casi nunca respondía. Raksha sabía que él iba a quererla hasta el día que se muriera, pero que pensaba que eso era asunto suyo.

Habíamos vuelto del río, y fuimos al centro de la ciudad y al hospital. Era como si siempre hubiéramos estado allí, en esa oscura playa de arena negra, una arena basta con toques dorados, como si nuestra vida hasta ese instante se hubiera desarrollado junto al río, habíamos salido de aquellas aguas con Eskil. Surgimos de una región subacuática y la realidad se nos mostró como era, desnuda e inmisericorde. Estábamos de pie bajo la luz chillona del hospital, bajo el chisporroteo de un fluorescente desnudo, iluminados y humillados, y cuando nos veo ahora tenemos la ropa manchada de barro y de algas y de agua estancada del río. En este instante, nos convertimos en una parte de este mundo, arrancados de la gigantesca sombra donde habíamos vivido juntos, invisibles para el mundo, libres. Eskil ya no era uno de nosotros, algo lo había arrancado de nuestro universo. Estaba tendido en una camilla y nosotros de pie, a su lado, por fin estábamos allí los tres, y sobre él se había tendido Raksha, aullaba y le ardían los ojos de miedo y se veía que era un animal, eso era, en lo más hondo, que detrás del cuerpo de ser humano era un animal. Todos ocultaban en su interior algo que los demás no podían ver, a mí eso siempre me había asustado. Eso era lo que Raksha me ocultó. Y si me hubieran podido conceder un solo deseo habría pedido que Raksha pudiera recuperar a Eskil y que él pudiera recuperar a su Raksha. Por lo que a mí se refería, no necesitaba nada, renunciaría a todo con tal de que Raksha pudiera abrazar a su hijo por última vez. Pero eso no iba a pasar, este era el final, yo lo sabía.

Pensé que yo sabía de antemano que aquello iba a pasar. Así que ¿por qué no le dije nada a Raksha? ¿Por qué dejé que se metiera en el río? Quizá lo dejé porque lo mismo daba que pasara enseguida, si de todos modos tenía que pasar más adelante. Quizá fue solo que perdí la concentración unos instantes, habíamos encontrado una madriguera de castor junto a las grandes raíces subacuáticas que se hundían en el río de los árboles que crecían allá arriba y que vivían de sus aguas, los árboles cuyas copas se estiraban vencidas hacia la película parda del río. Yo me sumergía una y otra vez para observar tan menuda construcción, y todo se veía perfectamente, como si sostuviera una lupa en la mano. El tiempo era otro bajo el agua, la indolencia del agua y su blanda resistencia refrenaban el tiempo del mundo y lo transformaban en tiempo subacuático, un tiempo que se movía con mayor lentitud sin todos esos sonidos que existían en la superficie y que podían fragmentarlo y convertirlo en algo evidente. Nada sucedía allá abajo, o por lo menos, muy poco, la sombra de una perca que pasaba nadando a unos metros de allí, partículas que caían a través de los gruesos rayos temblorosos del sol que entraba a raudales traspasando el agua. Lo que sucedía allí era más lento que todo lo que ocurría en tierra. Rara vez tenía que subir a la superficie a coger aire, no necesitaba oxígeno ni comida ni amor mientras estaba allá abajo. Veía sus piernas y los pies y las aletas un trecho más allá, donde se encontraba recogiendo palitos y piedras en la orilla, tal como yo le había dicho que hiciera. Pero el tiempo se movía impredeciblemente, durante un buen rato se detuvo totalmente y luego empezó de pronto a pasar a sacudidas. Porque luego dejé de ver las piernas, en realidad no había pasado ningún tiempo y aun así las piernas ya no estaban. Así son las cosas. Cuando todo ha pasado lo vemos tal como era, eso es el tiempo, lo vemos todo tal como era y es muy sencillo, claro como el agua dulce del río, como la lápida de la tumba de Eskil, como el cielo azul intenso que se arquea sobre nosotros cuando lo estamos enterrando.

Raksha e Ivan estaban tumbados al sol en una manta, relajados y perezosos por el calor, con las piernas entrelazadas. Era un mundo de luz radiante y por un momento todo tembló, el bamboleo que siempre había cuando uno salía del río, antes de que el mundo se apaciguara y recuperase sus perspectivas y sus medidas.

—¿Está Eskil ahí arriba con vosotros? —gritaba yo desde el borde del mundo en el que me encontraba, aunque vi que estaban solos. Ellos se levantaron despacio, vi a Raksha correr y luego caer y volver a levantarse. Luego me sumergí de nuevo para encontrarlo, porque Eskil no sabía nadar, solo como un perro, por el momento, pero aun así, podía avanzar con la parte posterior de la cabeza hundida en el agua y con un círculo de la cara sobre la superficie. Temía dar brazadas propiamente dichas, como iba muy lento, creía que se iba a hundir, no confiaba en que precisamente sería esa lentitud la que lo mantuviera a flote, así que nadaba moviendo las manos dando vueltas por delante como una hélice. Y ahora se había alejado nadando, a pesar de que yo le había dicho que no lo hiciera, sin preguntar, sin que yo estuviera con él para poder controlar esas brazadas torpes que conseguían que pareciera un cachorro.

—Está ahí dentro —dijo una enfermera, y señaló una puerta que había allí mismo, donde estábamos. Era como si aquella puerta hubiera surgido en la pared en el instante mismo en el que ella la tocó. Raksha retrocedió sin decir nada, no era capaz de entrar en la habitación.

—No quiero saberlo —susurró. Y además Ivan estaba en otro sitio. En cuanto llegamos al edificio, desapareció. Así que solo quedaba yo.

—Puedes entrar si quieres —dijo la enfermera.

Más tarde, alguien nos dijo que no debería haber entrado, pero volvería a entrar una y otra vez si me permitieran repetir. Porque al otro lado estaba la vida tal como era de verdad. Allí estaba el cuerpo semidesnudo de Eskil en una camilla, y una pila de toallas mojadas en el suelo y manchas de sangre clara, y también varios adultos que le presionaban el pecho. Parecía que lo estuvieran aplastando, como si estuvieran intentando matar a mi hermano pequeño. Luego me oí decir: «No se va a salvar,

¿a que no?». No sé si alguien respondió, creo que no se lo dije a nadie en particular, solo así, sin más. O a él, que estaba allí con el bañador todavía mojado. Creo que lo dije para protegerme, ya sabía que todo se había ido a la mierda. Aunque pensaba que todavía podía arreglarse, que nada era seguro y que Jesús había resucitado de entre los muertos, y no quería desvelar las expectativas, la esperanza que tenía. La sala empezó a dar vueltas y giró sobre sí misma, ciento ochenta grados, pero yo seguía sentada en la silla, no me caía. Era como estar viendo una película, así que me quedé allí mirando. Como era una película, no pasaba nada. Era la única película que tenía de Eskil, y terminaba mal. Al cabo de un rato, alguien dijo a gritos que había una niña en la sala. Yo no sabía si se refería a Eskil o a mí. Seguí sentada en la silla. Durante unos segundos, todo quedó en calma cuando uno de los que estaban a su lado dejó de presionarle el pecho. Luego continuó otro. Era como estar sentada delante de un televisor y, a pesar de todo, aquello constituía la realidad, que había estado latente todo el tiempo. Se había abierto una grieta imposible de cerrar de nuevo, y a través de esa grieta no entraba nada de luz, solo una oscuridad absoluta. Eskil tenía el pelo mojado. ¿Dónde habían ido a parar las aletas? En eso pensaba yo sobre todo, en quién se habría llevado las aletas rojas de Eskil. No tenía ninguna importancia, porque ya se había terminado el tiempo del juego, se había terminado la infancia. De todos modos, yo siempre había odiado ser pequeña.

Nubes gigantescas sobrevuelan el río y los niños que fuimos un día corren cada vez más rápido bajo el cielo y también el cielo se precipita veloz, se desliza cada vez más rápido. Pero la idea de alejarme corriendo de él no existió nunca, corría un trecho, luego me daba media vuelta y lo esperaba. Cada vez que le sacaba un poco de ventaja, él se asustaba y empezaba a llamarme a gritos.

—Inni, espera…

—Inni…

Siempre creía que me iría corriendo o que lo dejaría olvidado en algún sitio. No sabía que lo habría protegido con mi propia vida, siempre y cuando hubiera sabido de qué tenía que protegerlo. A veces ocurría que me despertaba porque me estaba mirando en la penumbra del cuarto que compartíamos junto al río.

—¿Qué haces que no estás durmiendo? —le preguntaba, en realidad yo estaba demasiado cansada para hablar y quería volver a mi sueño. En el fondo de las ensoñaciones todo era blando y cálido. En cambio para él no era así. El sueño era un lugar desasosegado, no quería estar allí, algo lo perseguía en el interior de los sueños.

—No puedo dormir, Inni, porque tengo miedo.

—Pero si ya te he dicho que no hay nada que temer. Aquí solo estamos tú y yo.

—¿Y cómo lo sabes?

—Porque lo sé.

Fuimos corriendo por la orilla del río hasta donde se encontraba Raksha, Eskil y yo, cada uno a un lado. Cuando una estrella caía, ella siempre nos decía que pidiéramos un deseo.

—¿No lo veis? Ahí… Ya está cayendo… ¡Mirad!

Era el gran cometa que todos llevaban tiempo esperando. El cono de luz se deslizaba por el cielo y quien no pidiera el deseo en ese momento habría perdido la oportunidad para siempre.

—Pero si nuestros deseos nunca se cumplen —lloriqueó Eskil, que no entendía lo importante que era lo del cometa, que todo el mundo lo estaba viendo pasar por el planeta en ese momento, que por poco no era el final del mundo que conocíamos. Me miró inseguro.

—¿De verdad?

—Si Dios quiere.

—¿Y quiere Dios?

—Ya veremos —dije.

Creemos que las cosas guardan relación unas con otras, aunque cabe la posibilidad de que no sea así para nada. Cabe la posibilidad de que todo sea fortuito. En todo caso, para Eskil era demasiado tarde, eso nos lo dijeron luego en el hospital, por más que yo hubiera seguido intentándolo, no habría logrado insuflar vida de nuevo en su pobre alma. *Un suspiro, dos suspiros, tres suspiros* y luego esperar con la mano en el pecho escuálido de Eskil, que estaba totalmente inmóvil, le salían agua y arena de la boca y si yo seguía y no paraba él no tardaría en volver. Desde entonces siempre he tenido la boca menuda de Eskil en el oído, aún sigo oyendo esos suspiros que nunca se producen. El mundo más allá de nosotros dos solo es un rumor lejano. Nunca se aproxima.

Habíamos alcanzado el final del sendero de grava, llevábamos transitando aquella carretera un buen rato, y allí donde nos encontrábamos el tiempo había desaparecido, ya no tenía nada que ver con nosotros. Nos detuvimos delante de una granja, no parecía que allí viviera nadie, una película gris lo cubría todo, pozos de estiércol sin tapar como bocas abiertas. Tal vez este fuera un lugar que él hubiera encontrado hacía mucho, tal vez hubiera estudiado bocetos del paisaje. Era como si el lugar mismo nos hubiera estado esperando. Un lugar que se encontraba un tanto fuera de los mapas, donde el agua de lluvia discurría en sentido contrario, de vuelta al cielo, una lluvia negra invertida que ascendía contra la gravedad. El cobertizo se hallaba como un esqueleto desnudo junto al edificio principal, varios almacenes aquí y allá, justo al lado del coche una pila de excrementos que estuve a punto de pisar. Era una zona cenagosa, quizá por eso la habían abandonado. Luego he pensado que era un lugar que surgió en la región solo para nosotros, un lugar donde las casas y las personas quedaban lejos unas de otras en todas direcciones. Pozos cegados con cemento y algo más allá un estanque con cañas secas renegridas en los bordes. Un tractor, una cantera, un gato solitario que desapareció detrás de una casa. Él pronto reanudaría el viaje con el coche, y yo aún habría podido echar a correr, adentrarme volando en el bosque como un animal, pero no. Porque no había adónde echar a correr, porque por mucho que corriera, volvería aquí y él estaría esperándome. ¿Y por qué iba a echar a correr? Es absurdo posponer aquello que ha de suceder de todos modos. Todos los relatos acaban con la muerte, este también.

—No tengas miedo, cariño —dijo, y puso el motor en marcha. Yo no dije nada, porque no tenía nada que decir y aquel no era el lugar idóneo, no era el lugar de mi muerte. Así que seguimos adelante. Continuamos hasta que llegamos a un lago. Yo sabía que iba a matarme, pero no eché a correr. ¿Por qué? Porque no tenía adónde ir.

Si entonces me hubiera dicho la verdad, que nunca más iba a volver a la ciudad, que iba a estrangularme en aquel estrecho tramo umbroso de la playa, ¿me habría bajado del coche y me habría marchado de allí? Ojalá que sí. Pero no había nadie esperándome, no tenía nada que cuidar y por eso tampoco nada que temer y lo que me pasaba es que me era indiferente. Muerta o viva, no importaba. Ya estaba muerta, llevaba muerta mucho tiempo, como un cortejo fúnebre deambulábamos por Estocolmo mis amigos y yo.

Dijo: «Recojo a muchachas de la calle como experimento, es un método científico para esclarecer cuál es la situación aquí. Desde el trabajo voy por la calle Herkulesgatan, no me supone un gran rodeo. Siempre estáis ahí, en diversas variaciones y constelaciones. Fieles como Jesús, francas y sencillas».

Es verdad, aparecemos de la nada y no vamos camino de ninguna parte en concreto. Y el dinero es algo que todo el mundo comprende, hay en él cierta sinceridad. Es limpio. Y si una de nosotras desaparece de pronto, viene otra. Es un espacio que siempre está en funcionamiento, está abierto para cualquiera. En él se permite todo y nosotras siempre estamos ahí. No esperamos nada, no tenemos nada, estamos allí, sin más, pueden hacer lo que quieran con nosotras. Como sombras surgíamos en la luz lluviosa de una farola. De los orificios de nuestro cuerpo manaba una especie de perdón o de consuelo, a veces sentía que venían a buscarnos para llorar. Y luego desaparecíamos en la misma noche de la que habíamos venido. Era como si aterrizáramos en el mundo en el instante en que nos veían. Una vez que han vertido sus residuos en nosotras, quieren que desaparezcamos, los oscuros orificios de nuestro cuerpo, nuestros ojos vueltos, y resulta que eso es lo que hacemos, desaparecemos y dejamos de estar ahí. Es como confesarse, pero sin Dios.

—¡Mira, ahora estoy en el cielo! —grita Eskil con la boca llena de agua del río. Porque es un cielo que se ha soltado de su anclaje y ha quedado debajo de la negra tierra. Cuando alzo la vista no veo ya ningún cielo, y a ninguna Raksha, solo una gruta vacía allí donde solían hallarse sus ojos, una abertura que debía de ser el camino a las puertas del infierno.

En la infancia siempre es de noche. Eskil está al lado de mi cama otra vez, con el pelo como un halo de luz alrededor de la cabeza.

—No te enfades, Inni, pero creo que me he hecho pipí.

—No pasa nada. Con tal de que vuelvas.

Pero cuando alargo el brazo en su busca, él desaparece, y lo único que hay es la música y la luz cristalina que se filtra de la habitación contigua. Raksha e Ivan están fuera bailando su eterno vals.

Dicen que ahora Eskil está en el cielo. Pero cuando voy a dormir por las noches, en la franja que hay entre el sueño y la vigilia, oigo su voz débil que me llama otra vez.

—No quiero estar solo, Inni.

—No tienes por qué estar solo. Puedes quedarte aquí conmigo.

—Es que no puede ser.

—Pues claro que sí. Puedo agarrarte como si fueras un globo.

—Es que aquí no hay globos.

Se queda callado unos instantes, antes de añadir algo más. Por ese silencio me doy cuenta de que va a ser algo que no me va a gustar.

—Tengo que volver ya, Inni.

—Pues no entiendo por qué.

—Yo tampoco, pero tenemos que seguir las reglas —dice, y se echa a llorar.

—¿Qué reglas? Yo no quiero seguir ninguna regla.

—Yo tampoco, pero no tenemos más remedio.

Después de la muerte de Eskil siempre estoy sola. Sola porque no hay más como yo, sola en mi universo. Hasta que un día me entero de que pertenezco a otro lugar, entro en contacto con unos poderes superiores. Me he quedado dormida junto al río y cuando me despierto y me levanto a mi sombra le han salido alas. Me quedo allí muy quieta observando el temblor de las angelicales alas grisáceas en la pálida hierba. Un fuerte olor a éter y a mármol y a plumas viejas me rodea, y el sonido de las alas que baten violentamente por encima de mí. Cuando me vuelvo, despacio, como en un sueño, hay un ave de rapiña blanca gigantesca totalmente inmóvil en el aire sobre mi cabeza, son las alas del ave en mi sombra lo que me ha dado el aspecto de un ángel. El ave bate las alas con fuerza para mantenerse suspendida en el aire antes de alejarse volando, pero a mí no se me olvida nunca, se me ocurre que estoy en contacto con algo que es más grande que yo misma, que yo también soy un ángel que puede marcharse en cualquier momento, creo que soy inmortal. Ahora lo que pienso es que el ave me marcó para que me reconociera este cazador.

Sobre el río congelado cuelgan frías nubes enormes, y ese año la primera nieve cae ya en septiembre. No pasa nada porque Eskil esté muerto, siempre que al final vuelva a casa. Pienso que podíamos dejarlo que estuviera muerto un tiempo. Hasta que hayamos cambiado, hasta que nos hayamos vuelto mejores y nos hayamos vuelto otros, otros menos descuidados. Después del entierro, me digo, entonces volverá. Así que estoy deseando que llegue el entierro como si fuera una fiesta. Pero el entierro llega y se va sin Eskil, y entonces comprendo que la muerte quiere de nosotros algo que no conocemos, y que tengo que comprender lo que es. Me convierto en prenda de la muerte.

—¿Qué lleva puesto ahora donde está? —le pregunto a Raksha.

—Nada. Le dejamos la manta en el ataúd. Con eso basta. Ya tiene todo lo que necesita —responde Raksha, y tiene los ojos cerrados aunque están abiertos, ya no ven nada. A mí me gustaría recuperar esa manta, porque en realidad es mía, pero ya se le ha olvidado a todo el mundo y no quiero parecer una saqueadora de tumbas. Bastante hay con que quiera desenterrarlo y llevármelo a casa.

Me preocupa que esté asustado donde se encuentra ahora, en ese cielo que hay debajo de nosotros y que no puede alcanzarse desde aquí, que tenga miedo de los ángeles y de la oscuridad y de los demás muertos, veo hombres viejos y borrachos y suicidas delante de mí que van vagando allá abajo. Juego con la idea de que desentierro ese ataúd pequeñito y me lo llevo a casa, le lavo la tierra de los ojos.

El escaso cortejo vestido de negro afronta el viento con un ataúd que reluce blanco en medio de lo gris. Es un mundo frío el que nos rodea, un invierno terrible de la década de los setenta que mata cualquier forma de vida. Eskil está bajo tierra en la iglesia y ahí es donde debe estar ahora, dice Ivan. Somos hormigas gigantes que transportamos a los muertos sin comprender por qué, simplemente los llevamos camino del agujero que el sepulturero ha excavado en la tierra. Todos lloran salvo yo, pero es que hay algo que se ha petrificado dentro de mí. No son solo las lágrimas, también es algo más. Un desengaño absolutamente hondo, radical, es el punto de congelación de la sangre, es la Antártida más extrema del amor.

Eskil no se encuentra ya en ningún lugar del mundo. Pero en los sueños sigue acudiendo a mí. Y quiero irme a dormir para verlo, empiezo a dormir varias horas al día después del colegio, pero tarda meses en aparecerse otra vez. Primero oigo su voz, aunque sin verlo:

—Estoy aquí, Inni…
—Mira, Inni…
—No estés triste…
—Mira, si estoy aquí…

Estoy al borde del río con el sol en los ojos. La sombra pequeñita de Eskil surge más lejos, en la playa. Lleva en la mano un cubo lleno de agua y, cuando corre el cubo se mueve tanto que el agua salpica fuera. Viene corriendo hacia mí, como siempre, con los brazos extendidos como si fuera un avión en miniatura.

—¿Te enseño cuánto te quiero, Inni?

Yo trato de responder, pero tengo la voz muerta, desaparecida, y justo cuando voy a atraparlo en mi regazo y a levantarlo, se esfuma, como una pompa de jabón en la mano, el agua del río y las cenizas se me escapan de las manos.

Me gustaría tanto hablar con Eskil sobre lo que ocurre ahora… Del silencio de Raksha, de que ha dejado de hablar conmigo. Es como si yo no existiera. A lo mejor siempre ha sido así, pero antes al menos lo tenía a él. No era consciente de cuánto necesitaba a aquel mocoso. Espero continuamente a que me llame. ¿Se puede llamar por teléfono desde el reino de los muertos? ¿Se puede llamar por teléfono desde el cielo? Si es que está allí. Y no es que antes me llamara mucho, no creo que Eskil haya hecho una sola llamada en su vida, era demasiado pequeño para llamar, no tenía a quién llamar, nosotros éramos todo su mundo. Eso precisamente es lo terrible de las familias, que constituyen el mundo entero de uno, fuera no hay nada. Pero yo me imagino que con los muertos se habla por teléfono, y pienso que deberíamos haber hecho un trato, Eskil y yo, sobre cómo localizarnos el uno al otro si algo pasaba. Como en aquel juego en el que él desaparecía y yo lo encontraba, ese juego que tanto le gustaba. Cuando yo iba buscándolo y hacía como que no lo había visto, a pesar de lo mal que se le daba esconderse, siempre era fácil verlo con el chándal rojo que relucía como una estría de sangre en contraste con la nieve. A veces creo que aún seguimos con ese juego, solo que ahora se le da mucho mejor esconderse. Espero a que aparezca detrás de un árbol junto al río.

Con el tiempo, voy olvidando lo pequeño que era cuando existía, lo difícil que habría resultado que entendiera las instrucciones sobre la vida después de la muerte, que se habría visto obligado a almacenar en la memoria todo lo que decíamos. ¿Hablábamos de la muerte antes de que él desapareciera? Hablábamos de la muerte de los pájaros y los conejos y los tejones y las ardillas, pero nunca de que alguno de nosotros fuera a desaparecer.

La pendiente que hay al pie de la tumba está vacía, solo el viento que empuja algunos árboles y un hombre solitario a un trecho de allí, que espera a poder poner la lápida. Un ave marina que vuela en lo alto, parece que estuviera persiguiendo los rayos del sol. Cuando el sepulturero ha terminado, hace la señal de la cruz y baja el pequeño ataúd. Y la tierra engulle su presa, porque la tierra es fina y seca, en estado de inanición permanente. Ahora Eskil es cosa de la iglesia, y del sepulturero.

Hay instantes en que comprendo que es ceniza, que es tierra, pero sigo preguntando «¿Dónde estará ahora?», y Raksha se aleja de mí todavía más. Pronto se convertirá en un ser que estará en otro planeta. Y, cuando responde, la voz le suena como si viniera de otro mundo.

—En la tierra, ahí está.

—¿En el cementerio, entre las tumbas? ¿Y entonces el cielo qué?

—Ya, el cielo… El cielo es…

El camino al cielo pasa por la tierra, eso ya me lo ha dicho ella muchas veces. Y por esa razón me siento atraída hacia él, como por una fuerza magnética poderosísima.

Salimos del coche fácilmente, ya me había abandonado toda idea de echar a correr, todas las ideas iban en general muy lentas, con dificultad como por el agua, como por el barro, como los excrementos que recorren los intestinos. Los árboles colgaban como negras sombras sobre el lago, y los juncos se reflejaban de modo que parecía como si crecieran en el cielo y en el agua también. La playa que rodeaba el lago era pequeña y sucia, de arena gruesa y piedras negras, y franjas de oro en las aguas inmóviles, aves a lo lejos, aves que de repente se elevaban un poco más allá y desaparecían en el cielo. Una espuma batida que se alzaba y temblaba a flor de agua, nadie había estado allí jamás, en la última playa, o todos los que sí estuvieron allí alguna vez habían muerto ya y ahora yo pasaría a ser uno de ellos. Él sacó el cuchillo. «Ha llegado el momento», dijo con la misma voz suave que utilizaban en asuntos sociales cuando querían obligarme a entregar a mi hijo, cuando incluso me pidieron las llaves de nuestro piso de Sockenplan. Tenía las mandíbulas tan tensas que pude adivinar el cráneo bajo la piel, el contorno del esqueleto, el boceto crudo de un ser humano, y recordé cómo nos reíamos Shane y yo cuando vimos a Valle por primera vez, un esqueleto minúsculo de contornos grises que daba volteretas en una pantalla de televisor en el maternal. «Eso es», murmuró mientras se abría torpemente la bragueta y penetraba el agujero vacío que yo tenía entre las piernas, y no me dolió, ya no me dolía, aquello era el final, y pensé que el final llega como un libertador, es la gracia que se puede conseguir.

Miré al cielo, estaba cerquísima, descendía sobre mí como un rostro, como unas aguas que de pronto empezaran a correr alrededor y lo único que yo deseaba era no desear nada más. Había deseado el final y allí estaba por fin. Y a pesar de todo, la súplica surgió dentro de mí como un flechazo. *Ayúdame ayúdame Dios mío quien quiera que seas.* Pero no sirvió, qué va. La oscuridad se extendió sobre el mundo como si alguien hubiera echado un manto sobre él.

—Que alguien me ayude…

Me salió tierra de la boca cuando la abrí, caía negra, barro y fango y lodo, pero era imposible que me oyera nadie, cuando por fin pude gritar, era demasiado tarde.

—Tú grita, sí —dijo, y me echó la cabeza hacia atrás, y yo oía mis gritos, resonaban sobre las aguas del lago, ¿de verdad era yo la que gritaba?, sí, era yo, porque allí solo estábamos nosotros dos, y aunque aún no me había rajado el cuerpo, dentro de mí ya estaba todo troceado y despiezado, mi voz y mis pensamientos. Eso era lo que él esperaba, que rogara por mi vida. Una señal. Y el grito desapareció de mi garganta, se me cayó la cabeza hacia un lado y él me zarandeó todo el cuerpo como si se arrepintiera y quisiera insuflarme vida otra vez, pero yo ya no estaba allí, me mordió, me arañó con las uñas, me lamió como un perro viejo, como si quisiera recuperarme.

Dónde está el ruido de ramas que se quiebran al darme en la cara, ya no las oigo, porque han cesado todos los sonidos, solo queda el sabor a sangre y a metal y a lluvia sucia en la boca, y no siento nada, nada me duele ya. *Lo oyes, Raksha, ya no siento nada.* Todo aquello que fue importante en su día se ha hundido, como la marea, como la vieja luna que todo lo atrae con su magnetismo de plata. Nada puede alcanzarme ya. La heroína se lo lleva todo, toda la oscuridad, pero también toda la luz.

Y justo cuando creemos que ya es el final algo se detiene, en él mismo o en el tiempo, una súbita lentitud en todos sus movimientos. Levanta la vista a la copa del árbol al que me tiene atada, mira hacia el bosque, hacia la luz que se derrama sobre el mundo desde el cielo, como si estuviera buscando algo.

—¿A qué esperas? —quiero preguntarle, pero ya no quedan palabras y todas las palabras son ruegos y yo no quiero pedir, ni a él ni a nadie, antes sucumbir que pedirle algo. No hay nubes, solo la suave cúpula humeante que desciende cada vez más hacia la tierra. Lo último que quiero ahora es una grieta por la que huir, quiero que sea demasiado tarde, que todo se acabe por fin, que haya algo por fin que sea más grande que mi voluntad. Y lo hay, porque en estos momentos él me aprieta de nuevo la garganta con las manos y veo cómo el cielo va deslizándose allá arriba como sobre una superficie lisa, la plata inaudita del cielo donde todos los colores se funden en uno solo como en una acuarela mojada. ¿Por qué ese cielo no está nunca azul, por qué no hay cielos azules, solo gris verdoso y violeta y amarillos?

Me veo a mí misma tendida bajo los árboles, desplomada en el lodo. Él está sentado en cuclillas mirándome, roza el moretón que tengo en el cuello, parece una mariposa que hubiera aterrizado allí, tengo la camiseta rasgada, la mirada sigue viva aún unos segundos, antes de petrificarse. En un instante mi cuerpo se convierte en una fotografía arrojada en plena naturaleza, una piedra o una hoja. Él me da la vuelta y deja mi espalda al descubierto, ahí tengo las marcas de las alas arrancadas, no es él quien me las ha quitado, es otra persona quien lo hizo hace mucho tiempo ya. Y entonces saca el cuchillo otra vez, le reluce en la mano como un espejo.

Deja la cabeza en el antiguo agujero de los residuos, ¿verdad que lo he contado? Que en aquel entonces había agujeros de esos, puesto que tenía en el cuello marcas de sus manos y sus uñas. Luego coloca en la autovía las maletas que contienen lo que un día fui yo, para poder pasar por allí con el coche a diario y pensar en mí y en lo que ocurrió en el bosque.

Una luz débil entraba por las persianas bajadas del dormitorio de Raksha y durante un instante parecían perlas de cristal. Ivan estaba tumbado mirando aquellas perlas y Raksha estaba a su lado mirándolo a él. Cuando cerraba los ojos, veía aves de rapiña sobrevolando la arboleda de Hägersten posadas en la maleta tratando de llegar a los bultos ensangrentados que contenían.

—¿Por qué no se llevó el corazón, Raksha?

La cara de Ivan estaba en la sombra, ella le cogió la mano helada y se la puso en la mejilla.

—No lo sé. No lo querría.

—Pero si el corazón sigue en su sitio, deberían poder despertarla otra vez a la vida, ¿no? —susurró, y ella pensó que no estaba hablando en serio, pero que quería decir aquellas palabras de todos modos. Y entonces Ivan lloró por primera vez.

Si hubiera tenido voz, habría podido contarles que la última época yo no tenía corazón, tenía un músculo encogido y sangriento dentro de las costillas, pero ya no sentía nada. Allí era adonde yo aspiraba a llegar, a lo sin corazón.

—Es que no es Blancanieves —le dijo Raksha cariñosamente—, y en realidad hacía ya mucho que la habíamos perdido.

Raksha solía leerme *Blancanieves*, también me leía otras cosas, pero ese era el cuento que más nos gustaba. Cuando la madre de Blancanieves le dice al cazador que se la lleve al bosque y que la mate y que le lleve como prueba el corazón, un frío helador me atravesaba por dentro y entonces miraba a Raksha para ver cómo estaba ella, si iba camino de transformarse en otra persona, pero seguía con la misma cara grande y concentrada que pendía sobre mí como si fuera mi luna particular. Y cuando

Blancanieves le prometía al cazador que, si le perdonaba la vida, se adentraría en el bosque y no volvería nunca más, a Raksha se le empañaban los ojos.

—Yo no me creo que sea ella —dijo Ivan.

—Tendrás que confiar en mí.

—¿Y cómo voy a confiar en ti?

Raksha se incorporó y le rodeó la espalda con los brazos. Y le habló con una voz muy suave.

—¿Recuerdas la marca que tenía en la pierna? La que parecía un corazoncito.

Fue algo que se dijeron hacía mucho tiempo, que algún dios no pudo por menos de pintarme un corazón diminuto antes de enviarme hasta ellos. Un sello minúsculo de color rosa. Raksha continuó.

—Pues he visto la marca en una fotografía. Y tienen sus huellas dactilares. No he querido decírtelo hasta ahora. O bueno, es que no era consciente de que lo que estábamos haciendo tú y yo era buscarla en serio. Y ella se había tatuado una rosa en la espalda. Se la tatuó el año pasado cuando se quedó embarazada. También he visto el tatuaje. Tenemos que dejar de buscarla, Ivan. ¿Lo entiendes?

Ivan apartó la cara y miró a otro lado.

Apareció en la cocina tan tarde que ya había empezado a oscurecer. Por lo general, siempre era el primero en levantarse, siempre se despertaba muy temprano y recorría la casa a la espera de que se levantara ella. Solo habían transcurrido unas semanas, ya tenían sus costumbres, pero ese día era ella la que lo estaba esperando. Estaba sentado delante de la ventana con la espalda encorvada tomándose el café, sin mirarla.

—Hoy voy yo solo —dijo, y se puso de pie.

—Pero yo quiero ir adonde vayas tú.

—No puede ser. Tengo que ir solo.

—Es que yo no puedo quedarme aquí. Creo que me voy a morir si te alejas de mí.

Ella le cogió la mano, y yo sabía que siempre le encantaron las manos tan grandes que tenía. Poseían toda la sensibilidad de la que él nada quería saber. La dejó entre las manos de ella, como una piedra, no la tocaba, no le correspondía. Ella se arrodilló y le suplicó que se quedara, pero él se marchó. Aún sin mirarla. Y no volvió por la noche. Aunque sus cosas seguían en el dormitorio. Una maleta y varias bolsas de plástico y la figura del perro de porcelana que había comprado en un mercadillo.

Ivan deambulaba a la luz de la luna junto al palacio de Haga. De fondo se oía el tronar amortiguado de la autopista. Una estrecha franja de playa al pie del palacio en sombras y algo más allá césped y árboles y algunas farolas solitarias, y la luz que salía del templete. Pensaba que iba por allí buscando a su hija, a la que la sociedad había extraviado. Pensaba que los de allá arriba se ocupaban mejor de sus perros que de su hijo. En cierto modo me alegraba que a Ivan lo entristeciera el que yo estuviera muerta, pero desearía haber podido evitarlo todo, quería que él se ocupara de Raksha. Sin embargo, lo único que podía hacer era seguirlo a distancia mientras iba corriendo y cayéndose en la fangosa hierba empapada. Lo veía levantarse y seguir corriendo alrededor del castillo y en dirección a la autopista.

Una noche fue subiendo por Herkulesgatan. Había luz en los escaparates de los bancos y las claras bocas abiertas de los aparcamientos expulsaban su aire cálido y blando con el que solíamos calentarnos cuando hacía frío. Y así son las cosas, claro, que primero no nos ven y luego estamos por todas partes, nosotros, los que estamos de pie encogidos con nuestros anoraks y nuestras pieles pasando frío y esperando. Bloques de casas raídos sin ojos, el aroma a agua de colonia y a pachuli, y al cabo de un rato los hombres que aparecen como sombras de entre la arquitectura. Nanna estaba sola en la acera con un radiocasete a su lado y un globo terráqueo debajo del brazo, y con un sombrero que no le había visto antes. El globo terráqueo era azul claro, y el cable iba arrastrando mientras se alejaban de allí. Se fueron de allí juntas.

Bajo la clara luz de la lamparita de una habitación de hotel cerca del parque de Tegnérlunden se mete algo, en cuanto entran por la puerta, con los pantalones por debajo de las caderas y de una de las nalgas. Ivan mira para otro lado cuando ella se clava la aguja en la piel, ella espera a que le llegue al corazón. Cuando termina, se desploma en el suelo y se queda allí tendida como un bulto, debajo de la ventana, no inconsciente, pero sí inalcanzable, y él la coge y la lleva a la cama. Se queda un buen rato mirándola tendida encima de la colcha, puede que esté dormida o que solo tenga los ojos cerrados, pero se mueven bajo los párpados como animalitos vivos. Tiene un buen arañazo en el cuello, un rastro rojo de sangre, como de una zarpa. Muy despacio, le va bajando los ajustados vaqueros. Sé bien que ella se encuentra ahora medio flotando en otro mundo, en un mundo mejor.

Cuando de cintura para abajo ya no tiene más que unas bragas con muchos lavados, él enciende la lámpara de la mesita, le quita la pantalla y recorre las piernas con la luz de la bombilla. Caigo en la cuenta de que está buscando el corazoncito que me vio en la pierna una vez. Enciende la luz del techo, pero no encuentra nada, le repasa las piernas con las manos. Cuando le da la vuelta, ella sonríe murmurando. Para mí se parece a un ángel ahí tendida, alguien que acabara de caer del cielo.

Tenía una respiración muy ligera, imperceptible, y la noche se deslizó hasta el cuarto y lo inundó. Nanna parecía jovencísima cuando la veía con él, muy vulnerable e inocente. Cuando todo estaba a oscuras y solo se filtraban algunos hilos de luz dorada desde la calle y de las ventanas del edificio de enfrente, él se levantó de la cama y se quitó toda la ropa y la dejó en el suelo. En la penumbra parecía como si alguien se hubiera agachado allí mismo y hubiera echado una cagada. Se tumbó detrás de Nanna y se durmió.

Nunca volvió con Raksha. Después de semanas esperándolo, ella se dirigió a la estación de tren y se metió en un tren rápido dirección sur y recorrió todo el camino hasta la casa del río donde vivió una vez, en otro milenio. Desde el interior del piso oyó el ruido del televisor, pero él no le abrió. Lo llamó por la ranura del correo con la voz rota, pero dentro reinaba el silencio. Se desplomó en el frío suelo y se quedó allí sentada, solo los párpados se movían despacio en la oscuridad. A veces encendían la luz del portal y ella parpadeaba unos minutos mirando hacia el tubo fluorescente, hasta que la luz volvía a apagarse. Luego se sentó en el gélido portal muerta de frío con aquel abrigo tan fino, dando diente con diente, como un animalito. Pensé que era culpa mía que estuviera allí, pero no podía ayudarle. Si al menos hubiera podido decirle que Ivan estaba sentado al otro lado de la puerta, escuchando su respiración…

Al cabo de dos días cogió el tren de regreso. El viaje transcurrió sin novedad, fue sola en el vagón casi todo el trayecto, estaba sentada junto a la ventana, a la fuerte luz del sol, viendo cómo los árboles se volvían cada vez más finos y escasos para luego desaparecer del todo sustituidos por un paisaje desnudo color ocre. Tenía la impresión de que se dirigía al reino de los muertos, de que el revisor que pasaba de vez en cuando por los vagones con pie inestable era el que la llevaría allí. El hombre le sonreía cada vez que pasaba por delante, como si él personalmente fuera el responsable de su viaje. Tal vez Raksha nunca partió de verdad aquella primera vez hacía ya muchos años. Entonces se alejó de Ivan, conmigo a su lado, con la idea de que iba a salvarnos a las dos de algo, o al menos así es como lo imagino yo, que se fue para que yo no tuviera que presenciar sus guerras, pero después de aquello la vida de Raksha se había convertido en una simple espera de que él viniera detrás, la espera de poder revivir la luz que experimentó con él en su día. En esta ocasión, en cambio, se había marchado de verdad, sin la esperanza de que él corriera tras ella, pensando que por fin iba camino a casa, que por fin se había terminado aquello que empezó una noche veinticinco años atrás en un parque de atracciones de Ängelholm.

Solo los niños creen que uno puede conseguir todo lo que desee, pero a veces yo pienso que los niños no han existido nunca, que la idea de niño es mera ilusión. Las criaturas a las que llaman niños solo tienen menor tamaño y son algo más fáciles de engañar, viven prisioneros de nosotros, los adultos, como animales de peluche o animales domésticos. Enseñamos una fotografía manoseada de un niño pequeño y radiante solo para que la gente crea que somos buenos. Yo también hacía lo mismo, al principio me sentía como una virgen María cuando andaba por ahí con Valle recién nacido en el carricoche. Pero el ser humano no es ni bueno ni malo, es como las avispas, una parte del ecosistema.

Sobre nuestra familia pesaba una maldición, la oscuridad acudía con las grandes cascadas de agua y limpiaba el agua del río y seguía corriendo a través de las generaciones. Cuando yo era niña, pensaba que sería capaz de anular la maldición, pero lo que hice en realidad fue caer en ella, y fue facilísimo, había un rumbo dorado que seguir, claro como el río que se extiende pesado por el terreno.

Es facilísimo matar a alguien, mucho más fácil de lo que uno se imagina. Creo que eso fue lo que dijo. Fue lo único que me sorprendió, ese rasgo sentimental suyo, la dificultad para pasar de mí, la aversión por dejarme junto al lago. ¿Por qué fui con él? Fui con él porque sabía que quería matarme. Lo reconocí en cuanto apareció en la calle, tenía algo en la mirada, parecía una persona cualquiera, incluso un tanto atractivo, pero en la mirada se asemejaba a un reptil o a un dragón, de un frío reluciente. Todas las de la calle sabían quién era, y todas le tenían miedo, evitaban su coche, yo no.

A mí siempre me ha gustado la idea de morir por mi propia mano, de tomar el mando de mi vida, es la única forma de enfrentarse al mundo, pero lo cierto es que era demasiado débil para clavarme yo misma la navaja en el cuello. Y siempre he sabido que iba a morir joven. Esto es la eternidad sin mí.

AÑORANZA

El lago Vättern cruza la región como un surco, un sexo gigantesco lleno de agua que se abre cuando uno se acerca por la E4 desde el norte. Es uno de los lagos más grandes de Europa y ahí va la pequeña Solveig recorriendo la orilla cada mañana con la cartera al hombro. La he visto ir y venir por el bosque entre la casa y el colegio muy cerca de las profundas aguas del lago. Se para en todas partes y llega tarde, y es porque encuentra cosas, tiene monedas y piedras y otros tesoros escondidos en cada canalón. No conoce otra cosa que la vida que vive aquí, en esta ciudad de provincias que tiene una iglesia en cada barrio, donde las casas crecen empinadas ladera arriba, lleva en el cuello una cruz de plata que toquetea cuando se pone nerviosa. Por las noches le reza a Dios. No porque crea en Dios, sino porque es lo que hay que hacer. Le pide por los cachorros de perro y de gato y por los papagayos blancos. Su mundo está lleno de animalitos, exactamente igual que el de Valle, gatos y ciervos y potros y pajarillos, es un mundo Disney al completo.

A causa de los montes azulados de alrededor siempre hace frío, la ciudad se encuentra encerrada en sombras, y el lago no se calienta ni en verano, porque es muy hondo, más de cien metros en las zonas más profundas. Solveig sabe que una vez la trajeron al mundo unos lobos, y que ahora una familia humana se ha compadecido de ella. Sabe que estoy muerta, pero no sabe cómo, sabe que Shane ha desaparecido, pero no sabe por qué. Y en eso consiste el infierno, en ver cómo tus hijos siguen viviendo sin ti. Crees que te vas a librar del castigo cuando mueres, cuando te asesinan y te descuartizan y te meten en unas maletas blancas y te comen los gusanos, pero no es suficiente.

El castigo es mirar sin poder intervenir. Pero la verdad es que ahora están mejor, ahora que ya no puedo intervenir.

Valle se ha mudado muchísimas veces, y creo que lo está pasando mal, aunque nunca dice nada, nunca se le ocurriría quejarse o protestar, pero algunas veces, cuando está solo, lo he visto llorando. Normalmente anda a lo suyo y parece que nadie se preocupa por él, ni los niños ni los adultos. Quizá porque se le olvida limpiarse la nariz y la boca, siempre tiene un hilillo de leche y de mocos en el bigote. Quizá porque come más rápido que los demás y con la boca abierta, quizá porque se ha puesto un poco gordo. A él solo puede quererlo una madre. Duerme en una alfombra delante del dormitorio de los padres de acogida, porque todavía le da miedo dormir solo. Como un perrillo. Es culpa nuestra que le haya cogido miedo a la noche.

Fue un perro el que me encontró, pero tarde o temprano me habría encontrado una persona, puesto que las maletas estaban muy cerca del camino que transitaba la gente. Era como si quisiera que todos me vieran, todos debían ver lo que había hecho. Colgó el sujetador en un árbol joven, justo al lado del lugar donde se hallaba una de las maletas a finales del primer otoño, pero nevó pronto y cuando la nieve se derritió la maleta había desaparecido. Él se había guardado algunas cosas que eran mías, las tenía enterradas en una arboleda cerca de la casa en la que vivía entonces. Un espejito, un pendiente y un calcetín, que pronto se pudrió como una flor. Yo creo que quería bajar al fango al que pertenecía su alma, quería desvelar quién era, que lo castigaran, pero le faltó valor.

Conservaba sus recuerdos igual que yo conservo los míos. Para él yo era una leyenda en el paisaje, un mensaje secreto con destinatario también secreto. Todavía no sé cuál era el mensaje. Acerca de lo que hay dentro del ser humano no sabemos nada, todo son suposiciones. Habría sido mejor que hubiera desaparecido sin dejar rastro, que nadie hubiera tenido que ver mi cadáver, ya ni siquiera tenía forma de cuerpo, eran desechos, restos de una matanza, pedazos informes tan alejados de su origen como las piezas de cadáver que relucen en los expositores del supermercado Hemköp.

Las copas de los árboles se mueven allá arriba, parece que se hubieran soltado del tronco, se deslizan por la superficie blanca del cielo, como si el cielo fuera una gran extensión de agua donde las copas se hubieran hundido hacia la fangosa oscuridad magnética del fondo y las raíces se hubieran quedado volando por encima como grandes manos negras extendiéndose hacia el cielo. Creo que son los abedules los que emiten ese leve tintineo como de miles de campanillas, y el vibrante parpadeo saltarín que salpica sus manos pecosas. Y ahora viene el anestésico, se extiende por el cuerpo como plata que mana corriente, viene cuando ya no existe la menor posibilidad de huir y es como si me cayeran copos de nieve por dentro. Una sensación tan pura, tan cruda, tan fría, tan distinta de todo lo que he vivido hasta ahora…

Un estremecimiento atraviesa las aguas del lago, un viento invisible que araña la lisa superficie de espejo y que la eriza entera. Cuando trato de decir algo me sale sangre de la boca. No importa, de todos modos ya es tarde para hablar. Este es el ángulo de la muerte, esta es la perspectiva del cazador. Mi cuerpo yace en la hierba, un guante de piel vuelto del revés. Los ojos de la que está tendida en el césped se ven entornados, pero la mirada aún brilla entre los párpados. ¿Por qué no se apaga si ya se ha terminado todo? Y de dónde saldrá la sangre, esa espuma rojiza que llega a la boca, si él no ha utilizado el cuchillo. Y ahora el mundo se aleja deslizándose por fin, como un barco o como un castillo de arena engullido por la marea. Como Eskil se me escapó de la mano hace mucho. Un agua turbia inunda el mundo, se me cuela en los ojos, la muerte colma las venas y todo lo demás, la membrana del ojo y las membranas rotas del útero, un mejunje negro que asciende y no tarda en cubrir mi campo de visión. La retina y el cielo se funden en una sola cosa, color negro o tinta negra chorrea por ese cristal que es el mundo. Esa cara sigue ahí sobre mí como un espejismo, una imagen que se sacude y se agita y tiembla, como si alguien hubiera practicado un corte con el cuchillo en la mirada o en la perspectiva misma. Ahora ya le suplico a quien sea, quiero que venga un ángel y me engulla, quiero que a mi alrededor se haga la oscuridad, que la luz y el tiempo desaparezcan de mis ojos. Todo lo veo desaparecer, la hierba y los árboles y la breve pendiente que baja hasta el lago y la bóveda celeste que poco a poco se desliza allá arriba en sentido contrario con unas cuantas nubes solitarias. Ahora esa cara es para mí el mundo entero, todo lo que me llena los ojos. El resplandor gris intenso de la mirada, el arco romano de la nariz, una boca que está plana y entreabierta y la saliva que me gotea en la cara desnuda, agua que gotea de la abertura de los ojos y del oscuro agujero de la boca. Me gustaría que la última imagen fuera otra cosa, un árbol o una flor o la cara de Raksha hace mucho tiempo, pero ya es tarde para desear. Y oigo las súplicas de Raksha resonando dentro de mí como un viejo rosario. Sin embargo, yo nunca he creído en Dios y Dios nunca ha creído en mí y nunca he querido que me salven, nada me asustaba más que la salvación. *Así que mírame ahora, Raksha, ahora que voy derecha a la muerte, ahora que me adentro en el mundo del asesino, mira cómo entro en ese mundo con los ojos abiertos. Mírame ahora, Raksha, ahora que salgo volando por los cielos del mundo y que no volveré jamás.*

Los rizos del agua se han transformado en una superficie lisa como un espejo, color oro plomizo por el sol poniente tras los abetos, los pájaros se han detenido en medio de un aleteo. Todas las imágenes se han helado, igual que mi cuerpo, está rígido e inmóvil como una fotografía. Como la imagen de mí que aparecerá después en todos los periódicos. Una foto en blanco y negro en la que tengo la permanente y los ojos profundos como tumbas, estoy horrorosa, pero Shane decía que ahí me parecía a Bambi. Nos la hicimos en un fotomatón de Kungsholmen.

Seguro que sacó el cuchillo, porque empezaron a surcar el aire unas gotas de sangre, salpicaduras negras en la negra arena, algunas tan pequeñas como cabezas de alfiler. Enseguida estuve esparcida en siete trozos sobre la playa, enseguida me acuchilló los genitales y me sacó las entrañas. El mundo estaba roto, siete fragmentos de espejo yacían en la hierba y mostraban siete porciones del cielo, siete porciones de la cara desconocida del cazador. Por eso es tan difícil recordar, porque toda la experiencia viene hecha trozos. Así ha sido siempre. Nunca obtenemos una imagen completa del mundo, nunca una imagen entera. Algo empezó a palpitar y a temblar en mi visión antes de que la imagen terminara de aparecer y luego ya dejó de haber imagen, solo eran fragmentos que reflejaban luz y voces y partes del cielo. Pero yo ya estaba neutralizada, ya no percibiría más imágenes, y ya no trataría de decir nada más. La lengua cortada, la cabeza arrojada al fango, la cara manchada de barro y arena.

Pienso en Valle de recién nacido, en lo silencioso que era. Yo esperaba a que llorase, pero nada. ¿Por qué no llora?, le pregunté a la matrona. Movió la cabeza sonriendo y lo envolvió en una manta y me lo puso al lado en la cama. Como si ella tampoco supiera la respuesta. En todo caso, estaba vivo, allí lo tenía mirándome con los ojos como platos, respiraba, y movía las manitas, las abría y las cerraba. Valle casi nunca lloraba después tampoco, se quedaba calladito tumbado en la cuna, debajo de la ventana, y miraba al cielo, como si ya supiera que se encontraba totalmente solo en el mundo.

¿Y ahora? Pues ahora coloca lo que queda de mí en dos maletas blancas y las mete en el maletero. Mi sangre se queda en la tierra como una sombra, pero la tierra de esta zona se compone sobre todo de arena y de viejas caracolas, y la sangre se cuela enseguida. Él contempla el agua, está tranquilo, concentrado, tan consciente que los colores del paisaje se vuelven más fuertes de lo normal, y a él todo le llega con intensidad y nitidez, como un reflejo de algo que no pertenece al mundo, el olor a agua y a tierra y a sangre, el sonido de las lentas aguas del lago, el leve chasquido de las olas. Si alguien le preguntara diría que solo está llevando a cabo algo que los demás también querrían hacer, provocar que yo me descomponga, convertirme en tierra y carne y materia estelar, apagar definitivamente la luz de mis ojos. Alguien tiene que hacerlo, y él tiene el valor necesario. Así lo explicaría si alguien le preguntara, pero nadie le pregunta, no.

El lugar que los muertos hemos tenido en el mundo se llena con los vivos más rápido de lo que la gente cree. No se tarda mucho, tiene que ver con el tiempo y la gravedad, con cómo el espacio se reduce rápidamente y como que se encoge y al final borra el lugar que hemos ocupado en la tierra, ni siquiera teniendo de mi parte las leyes físicas habría sido posible volver. Si apareciera de pronto junto a Valle y a Solveig, ellos ni me reconocerían, aunque creen que es a mí a quien echan de menos. Lo que echan de menos es un cuento antiguo que ha terminado hace mucho. Valle nos recuerda a nosotros, pero sus recuerdos solo son fragmentos a estas alturas. Están dentro de él como piedras malignas que brillan, las saca tan de tarde en tarde como puede. Tal vez para que no se desgasten.

Trato de encontrar un recuerdo grato dentro de él, pero no hay ninguno. Ni dentro de mí ni dentro de él. No sé si es porque las sombras siempre se concentran en los recuerdos. O puede que los momentos felices aislados no cuenten en el contexto completo, en la negrura completa que es lo que queda de nuestra vida juntos. Ni siquiera cuando todavía estaba con Shane y conmigo podía mirar fotos suyas. Ni siquiera durante los días buenos, porque de esos también había. Muchos días eran claros y limpios, muchos días yo me mantenía apartada del mal, y lo pasábamos bien Valle y Shane y yo, y así medio aburrido como es estar con un niño a veces empujando el columpio en algún parque por ahí perdido, aunque en el fondo nos colma por dentro una felicidad palpitante y vertiginosa por la hermosura y la luz y el milagro del niño. Pero en todas las fotografías que teníamos en el álbum de cuando Valle era pequeño se lo ve muy solo e indefenso, como prisionero y aniquilado por la luz muerta de la cámara y por el hecho de ser una criatura pequeña. Todavía puedo ver el temblorcillo del chupete cuando había chupado con demasiada fuerza y se hacía un vacío que al final aflojaba.

Ya en aquella época empezaba a llorar en cuanto abría el álbum de fotos porque me daba pena verlo allí encerrado en la imagen con el chupete de plástico sin que yo pudiera alcanzarlo, consolarlo. Las fotos eran el tiempo que había transcurrido y que hizo lo que aún no estaba hecho. Así es todavía. ¿Adónde habrán ido a parar esos álbumes? No tengo ni idea de qué fue de nuestras cosas después de mi muerte. No importa, aquí no se necesita nada y puede que lo mejor sea que se hayan perdido, Valle y Solveig se habrán hecho nuevas fotos, tienen un nuevo árbol genealógico.

La superficie de la tierra está cubierta de nosotros, los muertos, una oscura mezcla de cenizas y gases y de material orgánico que pisáis a diario. Seguro que no a propósito, pero es un hecho, cada día nos pisoteáis, así que nos hundimos cada vez más hacia el interior de la tierra. Los vivos siempre nos han temido a los muertos, pero no hay nada que temer, nuestro espacio en la tierra lo llenan enseguida los que quedan. No hay más que ver a Solveig ahí tumbada con los ojos cerrados en el sofá, en el regazo de Ellen, con las noticias de fondo. En la tele dan información sobre sangre y tierra y corruptibilidad y esta noche también ha habido una parte sobre mí. No pasa nada porque Solveig no presta atención y de todos modos no sabe que trata de la que un día fue su madre. Espero que nunca llegue a saberlo. No hay sitio para mí en la casa del lago Vättern, Solveig está atendida por las personas que la rodean, Ellen y Johan, su amor se convierte en una luz dentro de ella. Pienso con frecuencia en quién habrá ocupado mi sitio en la calle, quién se hará cargo de Nanna, y me pregunto si alguien llamará a Raksha ahora que ya no la llamo yo.

Acudo a ellos en los sueños. Le soplo despacio a Solveig en la cara mientras duerme, pero tal vez no haga otra cosa que insuflarle más sombras mientras trato de llenarla de luz. Me gustaría poder darle un corazón que aguante el amor y también las catástrofes.

A veces, mientras estoy allí, se despierta y llama a mamá, y como yo no puedo responder, la otra madre no tarda en aparecer y sentarse a su lado en la cama.

—¿Me has llamado?

—He soñado que no estabas.

—Pues estoy aquí. Siempre estoy aquí.

Una debe durar como madre por lo menos dos décadas, y eso es mucho tiempo, pero yo creo que Ellen es capaz de conseguirlo. Está llena de calma y tal como ha dicho ahora en la oscuridad de la noche ella siempre está ahí para lo que necesiten Solveig y los demás niños. Puede que quiera un poquito más a los suyos, sangre de su sangre, pero espero que Solveig también despierte en ella un poco de ternura al verla ahí en la cama, cálida y suave, extendiendo los bracitos para que la coja, aunque en realidad ya es demasiado mayor. Tiene los ojos levemente azules, la boca es menuda como una fresa.

—¿Qué le pasó… qué le pasó a mi madre? —puede ocurrir que le pregunte una noche de esas, y esa pregunta le causará cada vez más preocupación, puesto que su madre está sentada allí mismo, en la cama, a su lado: Ellen, con ese rostro claro sobre Solveig igual que un farolillo en la penumbra del cuarto.

—¿Estaba muy sola?

—Sí.

Cada vez que Solveig se despierta por la noche y pregunta por mí pienso que tengo que mantenerme alejada en lo sucesivo. Lo único que puedo darle es desasosiego y malos sueños. Le han dicho que caí enferma, pero es como si no fuera capaz de contentarse con esa respuesta, sabe por instinto que no es verdad.

—Pero ¿por qué no pudieron curarla?

—Es que se puso muy enferma y al final el corazón no pudo más —le dice Ellen, y le acaricia a Solveig la suave mejilla. Enseguida mira para otro lado, como hacemos cuando mentimos. Y por supuesto que no va a decirle la verdad. Aun así, me pongo triste. Tu madre es un montón de carne en medio del bosque, Solveig, susurro.

Y sí, claro que estoy agradecida. De verdad que sí. Yo nunca habría podido darle a Solveig todo lo que tiene ahora. Resulta difícil de describir, no es que esté limpio, porque limpio no está, nosotros, Shane y yo, teníamos la casa más limpia, siempre estábamos limpiando como locos. Pero alrededor de estas personas reina la calma. Cosas triviales, como el hecho de que Ellen se tome el tiempo de rellenar un dispensador con la mitad de lavavajillas y la mitad de agua para ahorrar. Son cosas que revelan esmero por los detalles. Se toma su tiempo y no está inquieta. Johan y ella se encuentran en un lugar en el que quieren estar y no se dirigen a otra parte, ella no puede imaginarse otra vida. Lo que tienen les basta: despertarse temprano por las mañanas al son estridente del despertador e ir al trabajo de asistente de los servicios sociales y en la biblioteca y luego volver a casa para preparar la comida y ordenar un poco y jugar con Solveig y con los demás niños. A Ellen y a Johan el mundo les parece hermoso y en orden, tienen en él un sitio natural. Yo en cambio tenía dentro de mí cientos de bocetos de vidas diversas, y no sabía a cuál de ellas iba a agarrarme. Así que no me agarré a ninguna.

—Y entonces vine con vosotros —susurra Solveig en esa pequeña parte de noche que descansa sobre su cuarto como un velo azulado. Enseguida vuelve a dormirse. Tranquila y segura en esa casa junto al Vättern. Una luz sube a raudales de aquel charco negro por las noches, es como si un ser superior viviera en las profundidades del lago. No oigo lo que responde Ellen, porque para cuando va a responder yo ya me he ido.

Yo soy la que llega a ella con sueños inquietos, el callado aleteo de la noche. No, no tengo alas. Es solo una metáfora. Pero antes tenía a veces esa sensación, creía que algo monstruoso me recorría la espalda, como si tuviera dentro de mí a un ser extraño que pudiera asomar por entre los omóplatos en cualquier momento.

En algunas ocasiones pensaba que a Valle iba a irle bien pese a todo, que alguien que había recibido tanto amor como el que le dimos Shane y yo nunca lo olvidaría, que sería como un elixir o una luz que nunca dejaría de surtir efecto en él. Ahora pienso que lo que le transmitimos fue un elixir peligroso. Por él discurre nuestra desesperación y nuestra desazón, nuestro deseo de morir.

Aún puedo oír dentro de mí la voz de Shane, pese a que hace mucho que me dejó, pero su voz sigue existiendo en mi fuero interno, como un agua que mana dulcemente. ¿O fui yo quien lo abandonó a él? Nos dejamos el uno al otro tantas veces antes de dejarnos definitivamente que al final ya no recordamos quién dejó a quién. Puede que fuera el amor el que nos dejó a los dos, se cansó de nosotros y siguió su camino, no creo que nos mereciéramos ese amor. Sea lo que sea el amor. Yo creo que es un lugar en la luz, un lugar donde nada puede atraparte.

Solveig siempre dice: «Y entonces vine yo a esta familia… Y entonces vine yo a esta familia… Y entonces vine yo a esta familia…». Como si, al repetirlo, pudiera comprender de dónde viene. A lo mejor solo trata de borrar lo que había antes, de crear un origen propio que empieza cuando aparecen Ellen y Johan. Sí, claro que yo la llevé en mi vientre unos meses, pero podría haber sido otro vientre cualquiera. Ahí dentro debió de oír mi voz y la de Shane, pero seguro que oyó muchas otras voces distintas. Las mujeres de los servicios sociales y otras personas de la calle que se ponían a decir barbaridades allí mismo, al lado de mi barriga. Y las dos horas que pasé en el hospital después del parto durante las cuales ella no dejó de mirarme solo las recuerdo yo. Para ella ese tiempo ha desaparecido.

Valle está solo con los cuchillos en el bosque de Havsmon, a la penumbra del crepúsculo parece iluminado por dentro, como un angelito. Nadie ha ocupado mi sitio en su vida, todavía está esperando a que alguien lo quiera.

Se parece tanto a mí que a veces me da miedo, veo el agujero que tiene dentro, cómo se abre y se cierra. No me atrevo a mirar en su interior, temo que pueda estropear algo. Su existencia es tan frágil, los eccemas lo hacen vulnerable, y le cuesta dormir por las noches por los sueños tan turbios que tiene. Las pesadillas le vienen de Shane y de mí. Yo he visto esos sueños, son terribles, lo persiguen manadas de lobos que quieren matarlo. Los lobos somos nosotros y cada noche resucitamos en su interior. Si yo tuviera un arma los mataría.

En el colegio está solo, nadie habla nunca con él, si les pregunta si puede estar con ellos, se encogen de hombros y siguen con lo que estaban, y entonces Valle no sabe qué hacer. Otros niños se toman ese gesto como un vale, únete. Pero él no, él trata de alejarse tan en silencio que nadie lo note. Esconde su soledad ante sus nuevos padres, sabe que nadie quiere a un niño que no tiene amigos. A veces pasa fuera la tarde y dice que ha estado en casa de un compañero. En esas ocasiones se queda en el bosque, se sienta en la roca que hay junto al lago y se pone a tallar ramas y las convierte en armas. Yo no quiero que tenga ninguna navaja, pero a él le da seguridad llevarla reluciente en la mochila envuelta en papel de periódico. Cuando cae la tarde vuelve a casa, a la casa de Havsmon, y allí tiene la misma sensación que en el colegio, que en realidad él no existe del todo para los que viven allí. Nunca lo tratan mal, nunca le dicen una palabra desagradable, pero es como si él no existiera en su mundo, lo ven ir y venir. Todos los días le ponen la ropa recién planchada en la cama. Le preguntan a menudo si necesita algo, pero él no entiende la pregunta y jamás se le ocurriría qué puede necesitar. Si no estuvieran los perros, se fugaría de allí. Solo entonces está contento, cuando corren tras él por el bosque a tal velocidad que las cuatro patas se elevan por encima del suelo. ¿Recordará los perros con los que jugábamos en la calle Floragatan? ¿Recordará que una vez vivió con lobos?

Ya se ha mudado muchas veces, con esta nueva familia solo lleva viviendo un año. La casa de Havsmon no está muy lejos de donde vive Solveig, solo unas decenas de kilómetros al norte. Ellos no saben el uno del otro, no creo que nadie les haya dicho nunca que tienen hermanos. Puede que sea mejor así, de todos modos, no podrían verse.

Me gustaría decirles a Valle y a Solveig que si no le encuentran ningún sentido a todo esto, a todo lo que duele y sigue doliendo, como que nunca vayamos a estar juntos los tres, es porque no tiene ningún sentido. Yo creo que en definitiva se trata de aceptar tu lugar en la creación. Uno debe hacer por amar su destino, o al menos aceptarlo, con independencia del precio que ello exija, del infierno que conlleve.

Ahora solo estábamos él y yo. Pensé que me enterraría en el lago, que metería mi cadáver en el agua y dejaría que se hundiera. Me imaginé que Eskil estaba en el fondo del lago esperándome, así que no tenía miedo, ya había dejado atrás los intentos de ser la creación que alguien hizo de mí en su día y que yo nunca tuve fuerzas para ser de verdad, si fue Dios o Raksha o Ivan o quienquiera que fuese.

Dicen que es una muerte suave, la muerte por ahogamiento, que es casi erótica. Pero el cuerpo no quiere morir, no puede rendirse, todo aquello que lo compone está orientado a sobrevivir. Lo de que la muerte sea como dormirse es algo que la gente quiere creer. Ni siquiera a los que mueren en el hospital les pasa, se ahogan despacio, como si los estrangularan unas manos enormes.

Aunque mi destino no iba a ser ahogarme. Porque ahora empezó a estrangularme en la playa. Eso era lo que él había estado esperando. Por fin se equiparaba a los dioses. Yo también había estado esperando, esperaba a alguien que tuviera el valor de matarme.

Supongo que algo querría mostrarle al mundo. Su fuerza, y esa semejanza con un dios que existía en su interior y que solo él conocía. Cuando íbamos en el coche por el bosque tuve miedo, pero una vez en la playa, el miedo desapareció. Salí del coche como si ya hubiera alcanzado el reino de los muertos. Ingrávida, muda, fría. Me tumbé en la playa sobre una manta que él había sacado del coche y no lo vi transformarse de repente, los ojos no se habían vuelto oscuros y llenos de odio como podía pasarles a algunos en la calle, que al ver mi cuerpo desnudo y mi cara desnuda los embargaba la ira de repente. Este estaba sereno como un lagarto cuando me estranguló, me tocaba el cuerpo con cuidado e incruentamente y casi con torpeza. Luego se tumbó sobre mí y me apretó el cuello con las manos. Yo no grité, porque no podía, tenía las cuerdas vocales rotas y se me estaban llenando de sangre los pulmones.

Valle se escapó y cuando lo encontraron en Estocolmo la familia de Havsmon no lo quería ya.

—Creemos que no serviría de nada —dijeron cruzando las manos nerviosamente.

—Los niños que están en situaciones similares suelen huir —dijo la mujer de Asuntos Sociales que se encargaba de él—. Es su forma de poneros a prueba, de comprobar si de verdad lo queréis.

Valle estaba sentado esperando en la sala contigua, pero ellos no lo sabían. No oía lo que estaban diciendo, pero sentía crecer la escarcha a través de la pared, sentía el frío que irradiaba la habitación. La pareja miraba la mesa ante la que estaban sentados, los dos con las manos entrelazadas.

—No, no creemos que quiera estar en Havsmon. Y la verdad es que ya no podemos con él.

Desde la sala contigua, Valle veía cómo los dos de Havsmon salían hacia el pasillo mirando al suelo. Se acordó de los perros y pensó que le habría gustado haber podido llevárselos adonde fuera a ir ahora. A él le gustaban los perros más que a ellos, siempre trataban a los animales con la misma frialdad amable que a él. Si hubiera podido, habría ido allí a robarles los perros.

Entraron en la sala donde se encontraba y le dijeron que lo iban a llevar provisionalmente con una familia de Vallentuna, a la espera de un nuevo hogar. Valle se metió en el taxi y se durmió enseguida en el asiento trasero. Cuando se despertó había dos extraños mirando desde fuera por la ventanilla. Lo único que quería él eran perros, que allí también tuvieran perros. Pero los nuevos no tenían animales y el silencio se extendía como un gas entre los distintos cuartos. No sabía qué hacer en aquella casa, y se sentía observado mientras esperaba sentado en el filo de la silla. Le preguntaron qué quería hacer en la vida. Él no tenía ni idea, tenía once años, ni siquiera sabía qué iba a hacer dentro de una hora. ¿Pensaría alguna vez en Shane y en mí? No éramos en su memoria más que un destello palpitante que no podía alcanzar del todo, un calor que le subía por dentro. Todo ese tiempo que solo yo recordaba, y que en él solo existía como fragmentos de luz. Quisiera que llevara mi amor dentro de sí, o sea, el amor de los primeros años, que siguiera existiendo dentro de él como un suero protector. Pero casi siempre pienso que es al contrario, que le inoculamos un veneno, que por eso no es receptivo a los cuidados de estas personas. Seguro que es eso, pero es una idea tan dolorosa que se va volando antes de arraigar.

Antes odiaba a las personas que se ocupaban de Valle y Solveig, despreciaba sus vidas autosuficientes y estupendas, que hubieran conseguido ya tanto que fueran capaces de dar un poco a un niño ajeno. Veo a Valle ahí sentado, en ese cuarto limpio color amarillo sol de la casa de Vallentuna sin tocar siquiera las cosas que le han dado, sin atreverse a mover nada de su sitio original. Hace la cama todas las mañanas sin que nadie se lo pida y lo único que toca son las fotografías de los perros, porque son suyas, puede pasarse horas mirándolas. Esas personas le han dicho que puede colgarlas en la pared, le han dicho que estaría bien enmarcarlas, pero él no quiere. Quiere poder llevárselas enseguida si algo pasara, si tuviera que irse de repente. En esa casa tienen hijos, pero son mayores, adolescentes, y siempre están saliendo a la calle. Lo llaman hermanito, llaman a la puerta de su cuarto y entran y se quedan ahí mirando las fotografías de los perros, pero al cabo de un rato se hace el silencio, se van y Valle se queda solo en ese cuarto donde no se atreve a tocar nada. A veces los mayores le llevan regalos, cosas baratas sin importancia, pero de todos modos, un paquete de chicles, una pelota de goma o un tebeo del pato Donald. A la hora de cenar Valle está tan callado que a su alrededor se forma un círculo que luego es imposible de penetrar. Cada vez que trata de decir algo se le llena la cara de sangre y cada vez le resulta más difícil. Así que lo dejan en paz y al final se les olvida que está ahí. Siempre tiene esa sensación de tebeo de que hay cinco errores que detectar en la habitación. Su cabeza, sus brazos y sus piernas, que cuelgan tontamente de la silla, rematadas por unos pies que ni siquiera llegan al suelo. Nadie lo dice en voz alta, pero él lo siente con la misma claridad que si se lo hubieran gritado al oído.

Cuando se escapó de Havsmon se arrepintió enseguida, pero luego no podía volver, porque le daba vergüenza. No quería dejar a los perros. Llegó a Estocolmo en tren y estuvo por allí deambulando varios días hasta que lo encontraron. Algo lo atrae hasta esa ciudad y yo supongo que somos Shane y yo. Si pudiera hacerle entender que aquí no hay nada, que es una ciudad cruda y peligrosa bajo la elegante apariencia. Espero que esta vez no se escape, pero reconozco el sentimiento de huida en el pecho, de querer alejarse volando del mundo en cuanto este se te acerca. En su interior ya está volando, se tumba en la cama por las tardes y está como en otro mundo. Espero que ese mundo no se apodere de él por completo. Me asusta, porque se parece a las drogas. Así que miro para otro lado.

Un día fuimos Shane y yo a Asuntos Sociales, a mí ya empezaba a notárseme. Aunque estaba muy delgada, tardó en apreciarse a simple vista. Creo que Solveig trataba de esconderse de nosotros dentro de mí, y la entiendo, fuera no teníamos nada que ofrecerle. Dijimos la verdad, que todo iba como una mierda y que tendrían que cogerla a ella también, Shane pensaba que era horrible y que yo me había rendido demasiado fácilmente. Puede que sí, pero él no sabía cómo era estar con la jeringuilla en la vena y sentir a la criatura moviéndose dentro y no saber si era la abstinencia o mi preocupación lo que la despertaba del sopor, él no sabía cómo era cuando esa cosa peligrosa discurría por mi sangre hasta la de ella, lo que fluía adentro de mí directamente del paraíso y la calmaba. Adentro de nosotras, porque todavía era la misma sangre enferma la que nos recorría por dentro, aún éramos una sola.

Yo me había drogado también cuando estaba embarazada de Valle, pero entonces no sabía lo que iba a pasar, entonces, con él, no me daba cuenta de que lo que llevaba dentro de mí era un niño de verdad con los ojos claros y el corazón palpitante y una respiración cuya fragilidad no era posible comprender. Valle era el niño que iba a cambiarlo todo y que no cambió nada.

Firmamos los papeles y Shane se ausentaba cada vez más y, cuando estaba allí, no me miraba a mí. Miraba algo que había más allá en el cuarto. Yo ya no me metía nada. A veces bebía, vodka o vino tinto, y tomaba alguna que otra pastilla, pero ninguna de las cosas que echaba de menos. Me pasaba los días tumbada en la cama mirando al cielo que se deslizaba allí fuera y sentía a la criatura moverse dentro de mí, primero como una araña, luego como un pececillo o una nutria. Un codo, una rodilla, el peso de la cabeza entre las piernas, y nos comunicábamos sin palabras mientras yo estaba tumbada de lado con la mano pegada a la barriga y casi provocándola al presionarla, hasta que ella reaccionaba con una patada. Solveig nació la Nochevieja de ese año.

Era una de las primeras noches cálidas del verano, cuando el calor persistía mucho después de que el sol se hubiera puesto, se quedaba como un vapor que surgía del asfalto hasta bien entrada la noche. Cuando vi que llevaba un rato dando vueltas a nuestro alrededor me acerqué, me agaché un poco y vi su mirada al otro lado de la ventanilla del coche, y cuando bajó la ventanilla con una lentitud infinita y eléctrica, le pedí que me llevara a algún sitio.

—¿Adónde quieres ir? —dijo.

—Lejos de aquí —dije yo.

Y entonces se inclinó y abrió la puerta y yo entré en su reino. Fue como adentrarse en otro mundo. En el interior del coche todo era silencioso y opresivo, los asientos ardientes por el sol, el aire asfixiante y la música clásica que sonaba en la radio. No dijo nada y tampoco me miró, creo que ni siquiera le dije mi nombre, quizá ya sabía cómo me llamaba, simplemente pisó un poco el acelerador y empezamos a avanzar lentamente, por delante de Bankpalatset y de los aparcamientos. Y lo vi todo una última vez: a las chicas allí de pie con aquellos chaquetones de piel tan cortos y las medias, preparadas para pasarse la noche fumando. Por encima de cada una flotaba una nubecilla de humo, como un paraguas. Me dio la impresión de que era Nanna la que estaba apoyada en la puerta de Bankpalatset con un libro abierto en la mano, pero cuando pasamos por allí vi que no era ella. Y pensé que quería a aquellas chicas, las quería porque eran claras y sensibles, no tenían ningún miedo, y solo allí, con ellas, me había sentido querida. Fue lo último que pensé, antes de que entráramos en la autovía y siguiéramos por la noche inmensa. Con la noche llegó la bruma.

Traté de decir algo cuando me penetró, pero al abrir la boca me salió tierra.

El alma se me había soltado de los puntos de anclaje en otras muchas ocasiones, había caído en ese estado de flotación en el que me veía a mí misma desde arriba, pero esta vez no iba a regresar. Comprendí que iba a matarme, comprendí que iba a morir. Una tormenta le recorrió todo el cuerpo, algo lo zarandeó, quizá fue solo el orgasmo lo que lo sacudió entero. Me caía en la cara la saliva que le salía de la boca. Y las imágenes empezaron a aparecer más rápido, instantes rotos parpadeantes, espejos negros quebrados y flechas enormes que se clavaban en mí lanzadas desde un arco gigantesco y muy lejano. ¿Quién dispara hacia nosotros esas imágenes desde mundos lejanos? Esas imágenes que se convierten en nuestras vidas. Como la imagen de mí misma como un insecto, destrozado por heridas y lesiones invisibles, un ser infrahumano lleno hasta el colmo de agua sucia del lago que podía rebosar en cualquier momento y ahogarlo todo a mi alrededor. ¿Es la imagen de Ivan? ¿O de Raksha? ¿O dones o maldiciones de los dioses? Corremos al corazón de la muerte, buscamos a un cazador y a un carnicero. No hay modo de librarse de lo que va a ocurrir. Entonces él sacó el cuchillo otra vez, y yo pensé que estaba bien porque así nadie me reconocería, así solo podrían identificarme como tierra, sangre, desechos. Pensé que había venido al mundo equivocado, que nunca debí venir aquí. Pensé que quería que fuera como si nunca hubiera estado allí.

El sonido de los latidos del corazón resulta ensordecedor en el entorno, luego cesa. Veo el mundo desaparecer a mi alrededor, no comporta ningún dolor, ya no importa nada en absoluto.

Lo único que conservó en su casa fue un pendiente. Seguro que todavía lo tiene, aunque lo tendrá a buen recaudo, quizá lo hundió en una planta para tenerlo siempre cerca, lo tenía a su lado las veces que estuvo con algún policía mientras lo interrogaba sobre mi muerte. Sí, solo había un pendiente, yo siempre llevaba solo uno, en la oreja derecha, un pendiente en forma de mariposa que me había regalado Shane. No tiene nada de simbólico. A mí ni siquiera me gustan las mariposas, son insectos disfrazados. Quería guardarse algo para no tener que separarse del todo. Por eso suelen pillar a los asesinos, lo sé ahora que he tenido tiempo de estudiarlos. Los pillan porque les cuesta despedirse, se quedan rezagados en el lugar del crimen, dejan huellas en el cadáver y se llevan diversos objetos totalmente absurdos. Un rizo, un cráneo o, como en mi caso, un pendiente y la llave de una taquilla de la estación Central, donde guardaba todas mis pertenencias. No eran muchas, pero eran mías. Él nunca utilizó la llave, la arrojó a la bahía de Strömmen, y luego no tardaron en abrir la taquilla y tirar mis cosas a la basura. Una chaqueta de ante y la llave de la bicicleta, el radiocasete y la pulserita del hospital, la que te daban para que no se te perdiera tu hijo.

Recuerdo cómo olía aquella noche. El olor de la sangre, el olor a origen, a nacimiento y a prehistoria. A las aguas de un lago. El mismo olor que en el hospital materno, cerca de los recién nacidos. Algas y hierba. Sangre y excrementos. Solveig olía como si alguien acabara de sacarla de un lago, era embriagador, pero al cabo de dos horas había desaparecido. La última noche en el mundo, recuerdo cómo me vino el olor a lago y a vómito revenido, cómo la luz nocturna caía a raudales entre los árboles y el leve temblor de los cables eléctricos por encima de nosotros. También estaba el dulce aroma del mes de junio, cuando el aire viene preñado de humedad y dulzor y de flores recién nacidas.

Junio es el mes de la locura, cuando el cielo no se oscurece nunca, cuando despierta la sexualidad, el animal que llevamos dentro, cuando las flores y las larvas salen de la pupa y de su envoltura rebosantes de clorofila y de deseo de vida y los seres como él empiezan a querer violar y estrangular a alguien. Pero al que ahora buscáis no lo vais a encontrar nunca, nunca vais a saber quién era. Alguien me recogió al atardecer de una noche de junio en la calle Herkulesgatan, alguien estuvo conmigo esas últimas horas en el bosque, al borde del lago. Creo que el hombre y la bestia se fundieron en uno aquella noche en el lago.

Los muertos lo sabemos todo, dicen, solo nosotros sabemos la verdad, o al menos creemos que sabemos la verdad, y por eso resultamos de lo más irritantes. Nos otorga un toque de superioridad y de excelencia, puesto que ya lo hemos perdido todo, incluso a nosotros mismos. Las falsas ilusiones ya no significan nada; si hasta la misma palabra lo dice. Y quizá sepamos un poco más porque tenemos mucho tiempo para observar, cada instante se prolonga hasta mil años en este tiempo tan particular que rige aquí. Vemos todo lo que antes no veíamos, cada vez que volvemos oímos cosas nuevas, cada vez vemos más claro el ángulo de la luz, siempre ha ido cambiando un poco desde la última vez que estuvimos echando un vistazo. Cuando nos dan paso volvemos a lo que había antes, al inmenso anonimato, a la cadena de vida y renacimiento a la que pertenece el cuerpo, nos convertimos en flores y en árboles y en gusanos y en mariposas. En el mejor de los casos. La mayoría de nosotros pasa a ser solo cenizas y polvo de estrellas. Pero hay que tener paciencia, hay que esperar aquí hasta que nos den permiso para pasar. Esa última vez que alguien pronuncia nuestro nombre en la tierra, nos dan pasaporte para viajar. Luego no tenemos que quedarnos aquí más tiempo, nos dan permiso para volver a hundirnos en lo que había antes. El silencio de la eternidad. En él tengo puesta la esperanza. De todos modos, ya no hay nadie que me quiera que siga hablando de mí. Los que no paran son los demás, los que escriben en la prensa, la gente que lo sabe todo acerca de todo. Pero al final no puedo por menos de abrigar la esperanza de que alguien pronuncie mi nombre, de que Valle diga de pronto mamá y piense en mí.

Pasa como con las series policiacas que siempre dan en la tele, ahí también hay gente que no para de hablar. A veces yo también me quedo enganchada cuando las veo de paso. Hoy por hoy, todo lo que ponen en la tele trata de asesinatos. No sé por qué, pero parece que a la gente le encanta. Y ahí es lo mismo, policías y criminólogos que hacen de algo parecido a héroes, todos sentados en unos despachos muy ordenados con el pelo reluciente y hablando del asesino. Y al mismo tiempo describen mi mundo, como quien no quiere la cosa, un submundo amenazador va cobrando forma en su mundo luminoso. Lleno de drogadictos y de putas y de delincuentes y de otros desperados. Los que interpretan esos papeles suelen ser actores secundarios. Pero en realidad, solo les interesa el asesino; el muerto ya no está, de todos modos. Y sí, suele ser una mujer y ella no es más que un cuerpo verde pálido que se atisba fugazmente, luego desaparece de la imagen, se esfuma en la misma nada de la que salió. Creo que a las personas que son los protagonistas de las series de televisión les causa impresión el asesino, su fuerza de voluntad y ese aire de Napoleón que lo envuelve cuando se pierde en la noche sin dejar ningún rastro. ¿Qué tiene que ofrecer la muerta? Nada. En todo caso, no tiene nada que decir.

Valle se fue a Estocolmo y allí se quedó. Después de Havsmon estuvo en Hjo y luego en Jämtland, allí vivió un tiempo cuando era pequeño y después vivió en Mora y últimamente en Södertälje. Cuando se escapó de Södertälje solo faltaban unos meses para que cumpliera los dieciocho. Así que lo dejaron, y subarrendó un piso en Estocolmo cuyo alquiler le pagaban. Luego debió de perder ese piso, porque la siguiente vez que lo veo está durmiendo en un portal. El suelo de piedra le da frío en la cara, en la mejilla cálida y suave, pero él no lo nota ahí tendido flotando dentro de sí mismo, no siente nada del mundo que lo rodea, en estos momentos está simplemente en el regazo que tiene dentro, un nadie que lo mece para calmarlo en medio del viento. Se echa a dormir en escaleras igual que hacía su madre, pero tengo la sensación de que ahora es más difícil, más peligroso, o quizá me lo parezca porque ahora es mi hijo el que duerme ahí. Yo no recuerdo haber tenido miedo nunca, me sentía libre e invencible cuando dormía en la calle, pensaba que había encontrado una forma de burlar al sistema y escapar corriendo en la embriaguez fuera del tiempo y de la sociedad, como un animal que no estaba encerrado en la jaula sino que se movía fuera de ella mientras que el resto del mundo se encontraba en el interior, como prisionero. En fin, ya sabéis adónde me condujo esa libertad. Y ahora, al ver a mi hijo, tengo miedo.

Claro que Valle se vio arrastrado a mi mundo. Al principio me alegro en secreto, porque se me ocurre pensar que ha ido a buscarme, pero me duele verlo ahí esperando a que llegue algún camello y le dé ese cielo que tan poco tarda en esfumarse. Se lo ve tan menudo y tan delgado con la sudadera y la cazadora, como un niño que espera a que sus padres vayan a recogerlo del cine.

Pero supongo que tiene que ver lo que hay ahí, que es como una vía secreta que lleva dentro y que tiene que seguir, un instinto. Unas piernas flacas en unos vaqueros negros que remata un par de deportivas. Tiene las manos hundidas en los bolsillos y los hombros encogidos, así va siempre, como si tuviera un poco de frío a todas horas, y con esa forma precavida de levantar la vista. Ahora tiene ese aire químico, artificial, como si no fuera humano sino que perteneciera a un ejército de muertos. La cosa con Valle va tan rápido como conmigo, la heroína te atrapa con una fuerza muy superior a ninguna otra y no te suelta. Aunque eso no es verdad, es uno quien no suelta la heroína, a mí todavía me encanta esa palabra, aunque ahora me ahorro la reacción física que su sola mención provocaba antes, el ansia dentro de mí.

Lo veo ahí sentado en un sofá, con la jeringuilla en la mano y un cable alrededor del brazo. A su lado hay tendidos una chica y un chico, hechos polvo, medio dormidos ya, sonrientes. Y cuando lo veo desfallecer y echar la cabeza hacia atrás mientras lo recorre ese inmenso anonimato que ahora tiene dentro veo que eso es el paraíso, ese es el paraíso que se ha ofrecido a la gente. Alargo la mano para tocarlo, ha apoyado la cabeza en el hombro del otro chico, resulta tierno, pero ya se han olvidado el uno del otro, y yo me olvido continuamente de que ya no tengo manos. Ahora veo, además, lo cerca que está a cada momento, cómo la muerte envuelve ese cuarto con su puño gigantesco, dispuesta a llevarse a uno de ellos en cualquier momento. ¿Debería desear que pase rápido? ¿Debería desear una tumba para mi hijo? ¿Qué debería desear si no?

Así que miro en otra dirección y cuando miro en otra dirección veo a Solveig y ella parece encontrarse siempre en la luz. Por eso le puse el nombre de Solveig, para que tuviera su propio sol interior que siempre la iluminara cuando nosotros ya no estuviéramos con ella. Shane y yo lo decidimos juntos antes de que yo hubiera empezado a pensar en entregarla. Luego supe que su nombre ni siquiera significa sol, fue Raksha quien lo averiguó en un crucigrama, que significa la combatiente. Puede que sea verdad, puede que lo del combate también sea algo bueno, pero también puede que Raksha se equivocara, y de todos modos para mí significa luz del sol. Da igual, Solveig va por la vida como si nunca la hubieran entregado como a una cría de *troll* abandonada en el bosque, como si nada pudiera lastimarla nunca. ¿Sabéis de dónde ha heredado esa seguridad? De mí. La entregué para que pudiera ser libre. Si se hubiera quedado conmigo, nunca habría ido a la universidad, yo nunca he temido a los de ahí arriba. Pero Solveig se mueve por los edificios universitarios con la cabeza alta, va rodeada de un orgullo muy particular, se ve a la legua que se tiene cariño. Eso tampoco habría podido dárselo yo, de mí solo habría podido recibir vergüenza y silencio. Pasa los días enteros sentada en la sala de estudio de la enorme biblioteca de Upsala, tiene pinta de museo antiguo. Por fuera parece un palacio, y algunos libros son tan grandes como ataúdes. El solo nombre me pone nerviosa: Carolina Rediviva, se lee en letras doradas sobre la puerta. Pero Solveig se mueve en ese mundo con toda facilidad. Se diría que se mueve con facilidad en todos los mundos, como si no estuviera al corriente de las reglas y los límites, o quizá sea solo que hace como que no los ve. El mero hecho de que ahora se haya echado novia… Clara, se llama. He oído cómo la llamaba Solveig.

Clara lleva siempre una chaqueta de cuero negra, incluso dentro de la biblioteca, y tiene los ojos febriles, veo que son unos ojos de los que uno se enamora, la intensidad y la luz que tienen, como miel pura. En su mundo hace frío ahora, a finales de noviembre, los árboles se han quedado desnudos y las hojas están esparcidas por el suelo rígidas y escarchadas y yo veo a Solveig y a Clara besándose debajo de un árbol del Slottsparken, no notan el frío que las rodea. Les sale vaho de la boca y las manos de Solveig se mueven sin cesar por debajo del jersey de Clara. Recuerdo vagamente la sensación de una piel suave en las manos.

Yo quería nadar siempre en la mirada de Shane. Pero nuestro amor era como un agua vieja enferma y estanca, estábamos atados el uno al otro con unas cuerdas invisibles y al final solo nos quedó la capacidad de herirnos mutuamente.

—Pero lo hicimos lo mejor que pudimos —me susurra él a través del tiempo y de todos los sonidos del bosque, por delante de la muerte.

—¿De verdad crees que sí?

—Sí...

—Pues entonces lo mejor era pésimo, Shane.

Se ríe un poco.

—Lo mejor que hicimos fueron Valle y Solveig, desde luego.

—Error otra vez, Shane. Los niños fueron lo más terrible que hicimos.

—No tengo miedo de lo que venga después. No tengo miedo de nada a estas alturas —dijo Shane la última vez que lo vi. Fue en el cementerio, yo todavía llevaba la pulsera del maternal en la muñeca. Estábamos sentados hablando entre dos tumbas. Él estaba flaco y transparente y no podía perdonarme lo que nos había hecho a los dos al entregar a Solveig.

No me lo dijo, pero no hizo falta. No me miraba, miraba todo lo demás menos a mí: las copas de los árboles y los terrones y la hierba que iba arrancando del suelo. Yo quería decirle que me mirara y que solo era posible perdonar lo imperdonable. Pero a lo mejor hacía ya mucho que no me miraba, quizá mi persona no hacía más que recordarle todo aquello en lo que habíamos fracasado. Le pregunté si iba a ir a Estambul. «Puede que sí —dijo—, puede que no». No me atreví a preguntarle nada más.

Me hablaba como si fuera una extraña que se hubiera sentado allí con él. Cuando llevábamos un rato en silencio me fui. Ahora le veo en el cuello las manchas color rojo escarlata.

Yo siempre iba camino de algún sitio, siempre tenía prisa, me iba con extraños porque eran extraños, porque no tenían ni idea de quién era yo. Exactamente igual que yo, no había nadie tan extraño para mí como yo misma. Despertarme desnuda con los muslos llenos de sangre en un aparcamiento de bicicletas de la calle Kocksgatan no me preocupaba. Solo me preocupaba cuando había cosas de las que preocuparse.

—Para ti va siempre tan rápido porque eres piloto —decía Shane cariñosamente, y me cogía la cara entre las manos. Él siempre elegía la interpretación buena si había una buena y una mala entre las que elegir.

—No soy piloto —le dije—, soy drogadicta.

Shane veía cosas que nadie más veía, por eso quería estar con él y por eso quería alejarme de él.

—Tú lo que haces es que finges que perteneces a este mundo —me dice una vez, al principio, cuando todavía puede reírse de que se me haya olvidado que íbamos a vernos, cuando me he pasado días por ahí, sin recordar dónde he estado. Pero no finjo lo bastante bien, siempre hay algo que tira de mí, que me arrastra lejos de él, lejos de la luz. A veces pienso que es porque lo veo más claro que los demás, que sé más, que por eso consumo. Fue ese ángel el que una vez abrió el mundo para mí. Cada vez que bate el ala dentro de mí caigo hacia arriba, me caigo al revés, contra la ley de la gravedad, con los pájaros y la luz. Pero ¿cómo voy a explicárselo a Valle? ¿A Solveig? ¿Cómo voy a explicarles que existe algo que es más grande que todo, algo que es más grande que nuestra vida, algo que es más grande que los ojos de Valle cuando me miran y creen que voy a elegirlo a él antes que las drogas? Debí de nacer con un monstruo dentro.

Comprendo que me quitaran a Valle, pero no comprendo que lo hicieran de ese modo, que vinieran tan temprano por la mañana y sin avisar y se lo llevaran de un tirón de nuestra cama. Podría haberlo llevado yo misma a Asuntos Sociales y haberlo dejado en el cuarto de juegos y, mientras él se entretenía con los coches de juguete, yo me habría marchado y no habría vuelto nunca más. Pero cabe la posibilidad de que supieran que tenía planes de fugarme con él a Estambul. A veces pienso que, si no se lo hubieran llevado, ahora estaríamos allí, Valle y yo solos en el mar Negro, ahora que se acerca el invierno y los turistas desaparecen, y yo estaría limpia, y habríamos estado solo él y yo y nada de lo que ocurrió después habría ocurrido nunca. Quizá habríamos podido vivir en casa de la madre de Shane. Pero luego me doy cuenta de que seguramente estuvo bien que las cosas salieran como salieron, que me lo arrancaran del regazo con tanta brutalidad, que está bien que haya una herida, una ruptura que lo desgarra todo. Para que así él sepa toda la vida que yo no lo abandoné por voluntad propia. Con Solveig sí fue así, la entregué sin más, como un paquete.

Un día dejé de soportar lo normal, entonces me pasé al otro lado. Fue como atravesar una pared de cristal que se quebró sin hacer ruido en miles de fragmentos. Me vi en una lluvia de trozos de cristal con el primer chute de mi vida en la mano y si pudiera contaría lo hermoso que fue, como si todas las cosas estuvieran iluminadas desde dentro. Cuando has estado cerca una vez ya no hay camino de vuelta. No puedes volver nunca al mundo primero, el que había antes, si es que hay algún mundo anterior al que volver. Para mí no lo hubo nunca. Y la cuestión no era la vivencia física, ni siquiera la abstinencia, sino que hay allí una calma y una claridad absoluta sin la que no puedes vivir una vez que se ha manifestado. El mundo exterior se ha vaciado de sentido y entiendes que siempre ha sido así, es crudo, feo e injusto. Nadie dice claramente cómo es, pero no es de extrañar, porque nadie dice claramente cómo es nada.

Como sea, ahora me encontraba allí en el fango junto al lago con una sombra humana sobre mí. Los árboles inclinaban hacia el lago sus copas oscuras. Siempre pensé que se inclinaban para rezar sobre el agua con esos cuellos frágiles y que al final se doblaban irremediablemente hacia abajo, la sed los arrastraba a la muerte. Podían transcurrir cien años antes de que se ahogaran, pero siempre estaban a punto de ahogarse, despacio, imperceptiblemente. Yo nunca le había pedido a nadie nada en la vida, nunca me había inclinado ante nadie como los árboles de este lago. Más bien me troncharon como a una rama seca. Pensé en las alas del ángel que una vez creí mías. Pero los ángeles no existían y en ese momento una oscuridad entró en mi campo de visión, y me morí.

Se inclinó sobre mi cuerpo sin vida, estaba extendido como una sombra en la tierra, un charco de residuos humanos entre prendas de ropa rasgadas y llenas de sangre. Tenía la cara inmóvil, rígida como el mundo que nos rodeaba, mi cabeza se veía enorme allí tendida, como si fuera la de un animal.

—Si yo solo quiero estar contigo —le susurró a aquello que había sido yo hasta hacía un instante.

En el mundo de Valle el tiempo debía de pasar volando, porque ahora se lo ve muy cambiado. Está más grande, como si hubiera aumentado varias tallas desde la última vez. Al principio no podía creerlo, pero había dejado de drogarse de verdad, por eso había desaparecido ese punto artificial. Es de lo más misterioso, porque no es que se haya vuelto creyente, no ha estado en ninguna clínica de rehabilitación, tampoco se ha enamorado y no creo que le haya caído un rayo en la cabeza, simplemente, lo ha dejado, y ahora su vida está serena. Puede que sea el entrenamiento lo que lo haya salvado, entrena varias horas al día. Primero me parecía un poco raro verlo con tanto músculo, como si llevara una armadura debajo de la ropa, pero supongo que gracias a eso se siente inmortal. Si es así, está bien, si consigue que se sienta más entero, si siente que puede defenderse. Ahora que me he acostumbrado me gusta mirarlo, es otro, pero el mismo, y tiene la piel brillante y viva, los ojos claros de nuevo, como cuando era pequeño. Pero a veces me da la impresión de que lleva una vida muy desnuda y sola y ahora estoy más preocupada por él, ahora que está limpio y ya no tiene nada que lo proteja, no puedo evitar desear para él las suaves membranas de la heroína, tener un cometido que sea lo único que colma el mundo.

Se parece a Shane cuando tenía su edad, casi me siento incómoda al verlo ahora, es como ver a Shane otra vez. Con lo enamorada que estaba de Shane, pero enamorada no se entiende bien desde el ángulo de la eternidad, ese sonido mínimo que te vibra por el cuerpo cuando lo abandona la razón, aquí es incomprensible que esa vibración pueda tener tales consecuencias.

A Valle se lo ve tan solo entre el trabajo, el gimnasio y el apartamento… Luego se pasa las tardes enteras sentado ante el brillo azul hielo del ordenador. Y es que eso es la vida, levantarse por la mañana y vestirse y trabajar para ganar un poco de dinero y luego volver a casa y comer y dejar que el alma se pierda en la tele o en el ordenador. ¿Qué iba a hacer uno si no? A su alrededor hay aún un silencio, es como si se fuera volviendo más callado a medida que pasan los años. A veces aparece una chica y se queda un tiempo, pero luego se va y Valle coge un avión y emprende otro viaje. Siempre viaja solo. Trabaja en ventas telefónicas, es un trabajo duro, pero puede con él, trabaja sin parar y se esfuerza al máximo en cada llamada, ahí no le da miedo hablar. Cuando tiene vacaciones, vuelve a irse de viaje, se le da bien ahorrar, y ya ha dado varias vueltas al mundo y nunca se lo ve tan feliz como en ese instante en el que los motores empiezan a bramar y el avión se eleva en el cielo como llevado por una fuerza ingente. Pienso a menudo en todo lo que ha visto durante esos viajes, todo lo que lleva dentro de los ojos. El imperio incaico. Beirut. El mar de Alaska. Las grandes ciudades de Sudáfrica. Los rascacielos de Shanghái.

Por encima del globo terráqueo se ven colgando miles de aviones, en la distancia parece que fueran a paso de tortuga, aunque lo cierto es que avanzan a toda velocidad. Desde arriba se asemejan a farolas flotando en el agua. En uno de esos aviones está Valle en estos momentos, no sé adónde se dirige, pero el avión se mueve hacia el este y en la fresca cabina, a través de cuyas ventanillas entra el sol, va él adormilado con la ciudad de Moscú gris allá abajo. No hay nada que le guste más que volar, ya le encantaba cuando fuimos a Estambul aquella vez, cuando él tenía dos años y se pasó todo el viaje inmóvil en el asiento mirando por la ventanilla.

—¿Qué es lo que ves? —le preguntó Shane, que iba a su lado rodeándolo con la mano para protegerlo, para que no se tambaleara si el avión empezaba a bambolearse de pronto. Pensé: ¿Por qué tenemos que volver a la tierra? ¿Por qué no podemos quedarnos aquí para siempre y ya está?

—La primera vez que te vi pensé que quería tener un hijo contigo —dice Shane. Fue de lo más extraño, nos conocimos y, diez minutos después, estábamos sentados en una cama, debajo de una ventana abierta, no nos decíamos nada, simplemente nos fuimos juntos de allí. De una fiesta en la que ninguno de los dos conocía a nadie. Fuimos a la habitación que tenía ventanas en el techo, se la prestaba una señora de Mosebacke, tenía vistas a toda la ciudad, allí siempre se veía el cielo. Aquella vez no nos acostamos, nos pasamos la noche mirándonos. Pasó mucho tiempo antes de que lo hiciéramos. Nos sentimos como si acabáramos de llegar al mundo, como si fuéramos recién nacidos, como las estrellas cuando acaban de encenderse y cuando más frágiles son, material de viejas estrellas que ha explosionado y que resucitan. Pero yo eso a Shane no se lo diría nunca. Porque no se puede decir todo. Creo que nunca llegué a decirle que lo quería.

—Pero es que tú no sabes nada de mí —dice al cabo de un rato, cuando ya ha vuelto la noche. No hemos encendido ninguna luz, es más fácil hablar cuando no nos vemos. Tiene la voz desnuda como un tubo fluorescente en la oscuridad.
　　—Puede que no, pero sé que me gusta en quién me convierto cuando estoy contigo.
　　—¿Y en quién te conviertes?
　　—Me convierto en nadie.

El sol empezaba a volver después de la noche, una luz blanda como una pluma que ascendía desde abajo, del suelo y los árboles, tal como puede mostrarse algunas noches de primeros de verano, cuando la luz, como un rayo, empieza a caer a raudales sobre el mundo. Al verme en el espejo de los aseos del McDonald's comprobé que se me había corrido el rímel por la cara, como lágrimas negras, aunque no estaba triste, estaba contenta. Me había maquillado para parecer peligrosa.
　　—Eres muy guapa —dijo Shane.
　　—Ven —dije yo, y cogimos el metro hasta la última parada.

—¿Y si vamos demasiado rápido? —dice Shane. A mí no me parece que vaya lo bastante rápido. Siempre he querido hacerlo todo cuanto antes. Acostarme, meterme el primer pico, tener hijos, morir.

Por las noches, las primeras semanas después de saber que estaba embarazada de Valle estuvimos en la bañera del hotel Amiralen hasta que se enfrió el agua. En la superficie flotaban cabellos, restos de jabón, restos de comida y semen. Shane había dicho que quería que dejáramos las drogas ya. «Sí», le dije yo. Pues claro que íbamos a dejarlas, siempre decíamos que íbamos a dejarlas, pero era de esas cosas que se dicen, no lo decíamos en serio. Pero esta vez él lo decía en serio, dijo que me ataría las manos y los pies si trataba de irme de allí. Así que las primeras semanas estuvimos limpios, por primera vez los dos juntos, y completamente despiertos a causa de la sed que nos destruía la sangre. Por una ventana del baño veíamos la estrecha franja de oscuridad que era la noche en esa época del año, la franja oscura que se extendía sobre nuestra parte del planeta para retirarse enseguida. Lo único en lo que yo era capaz de pensar era en esa atracción salvaje cuando el líquido negro salía de la jeringuilla y entraba en la sangre y seguía subiendo en torbellinos por todo el cuerpo hasta que alcanzaba el nervio mismo de la vida. Cuando nos acostábamos siempre lo sentía como si Shane me estuviera follando el corazón al desnudo. Ahora no sentía nada.

Desde aquí veo con claridad, desde aquí veo todos los giros. Una noche, después de pasado un tiempo y cuando por fin nos encontrábamos algo mejor, salí del Amiralen, me fui sin saber muy bien por qué. Esa noche habíamos celebrado el cumpleaños de Shane en la ventana.

—¿Qué regalo quieres? —le pregunté a la luz de las velas de una tarta de nata, cerezas y chocolate que habíamos birlado.

—A ti —dijo Shane—. Si puedo seguir contigo, no necesito nada más.

—Pero a mí ya me tienes —le dije—. Tienes que pedirte otra cosa. Algo que sea casi imposible.

Le afloró un brillo a los ojos. No me miraba mientras hablaba:

—Siempre que me duermo temo que, cuando me despierte, te hayas ido.

—Igual que yo —le dije, porque también temía irme. Al principio, él me ataba a la cama, ya no. Ya no estábamos enfermos. Las cuerdas estaban enrolladas junto a la ventana.

—Pero ¿tú me necesitas siquiera? —me preguntó.

—Si supieras cuánto… Sin ti sería un ángel.

Cuando se durmió, salí y volví con un paquete plateado. Mientras iba en el metro brillaba con tanta intensidad dentro del bolso que pensé que lo veía todo el mundo. Me tumbé en la cama y eché a volar. Me había metido en el primer coche que paró, sin mirar siquiera quién iba dentro. Cuando me vi tumbada boca abajo en el asiento trasero, debajo de un hombre que no era Shane, creí que me iba a morir, que me iba a morir de verdad, pero no me morí. Me levanté y volví por el estrecho puente de madera que cruza la bahía por delante del Museo Nacional y del Grand Hôtel, y luego seguí por los jardines de Kungsträdgården hasta la plaza de Sergel.

Nació Valle, y yo comprendí que nos encontrábamos en la última grada antes del abismo, que debajo de nosotros solo había una negra garganta abierta hecha de nada. Cuando dejamos Danderyd tenía miedo de que nos detuvieran, pero no pasó nada. Cruzamos a la carrera el aparcamiento con Valle en el capazo como si fuéramos ladrones. Era precioso, con aquellas arrugas alrededor de los ojos. Ni siquiera importaba que fuera tan bonito, solo el hecho de que existiera, de que fuera nuestro hijo. Shane había dicho que quería protegerme de todo lo que me asustaba, de los demonios y los vampiros que se arremolinaban a nuestro alrededor cuando nos tumbábamos en el césped del parque Berzelii aquel verano primero cuando Valle vino al mundo, encerrados en una gran luz de niño pequeño, un globo de rayos de sol y de cielo bajo los árboles con aquel niño entre los dos como prueba de que ahora ya nunca nos íbamos a olvidar el uno del otro, y yo creo que de verdad lo intenté, que él hizo todo lo que pudo por protegerme, pero que de ninguna manera consiguió protegerme de mí misma.

Desearía poder decir que hice todo lo que estuvo en mi mano por proteger a Valle, pero no es verdad. Cuando estaba recién nacido pensaba que me quitaría la vida si fracasaba en la tarea de protegerlo, y las primeras semanas fue fácil no meterse nada, Shane y yo estábamos en medio de esa luz inmensa que rodea a un niño pequeño. Pero luego, al cabo de un tiempo, empecé a sufrir cuando lo miraba, el verlo tan indefenso, el que me buscara tan confiado con esa boquita y esos ojos abiertos de par en par, me aterrorizaba que dependiera de mí para sobrevivir. Y fue como si de repente nos viera a los tres desde fuera, una vista panorámica de nosotros bajo el cielo inmenso con él en el carricoche y vi lo frágil que era todo, cómo las aves agoreras circulaban alrededor de nuestro pisito de Sockenplan, lo ridículo que era que yo creyera que sería capaz de conseguirlo. Así que un día que Shane llegó a casa yo estaba allí sentada con la jeringuilla en el brazo, en el mismo instante en que abrió la puerta, me chuté. Shane se puso blanco, se quedó totalmente callado y se limitó a mirarme mientras yo dejaba que la ola me llevara en volandas y que su fuerza me catapultara a otro mundo como siempre. Él me quitó a Valle despacio del regazo y se encerró con él en el dormitorio. Creo que pensé que a partir de ese momento él se encargaría de Valle, que podría relajarme, pero al cabo de unas semanas volvíamos a drogarnos los dos. Primero, poco después esa misma tarde, le prometí que no volvería a meterme nada, pero mi recaída solitaria había rasgado la frágil superficie en la que se desarrollaban nuestras vidas y sin que abordáramos el tema empezamos los dos otra vez. Primero solo un poco y luego igual que antes. Y luego todavía más que antes, puesto que no era posible soportar lo que le estábamos haciendo a Valle. Dicen que cuando tienes un hijo no puedes elegir la muerte, pero justo por eso quieres morir, porque tienes un niño inocente. Los niños son espejos de la muerte, nos vemos a nosotros mismos en sus ojos, en una ampliación grotesca. Nos vemos sucumbir, vemos que es irremediable, vemos que les hacemos daño, vemos que todo es culpa nuestra.

Shane me obligó a dejar de darle el pecho ese día, me dijo que no había otra y yo no me atreví a llevarle la contraria. Quizá todo habría sido distinto si hubiera podido seguir. Amamantar a un niño era lo más bonito que me había pasado en la vida. Cuando lo aparté del pecho aquella última vez sentí que algo se me quebraba por dentro, no culpo a nadie más que a mí misma, pero de todos modos quiero contar que algo se rompió entonces, llegué incluso a oírlo, un crujido raro dentro del cuerpo. Y luego tuvimos que bregar durante casi tres años para poder quedarnos con él. ¿Por qué, cuando teníamos la opción de pasar página enseguida y dejar que viviera libre de nosotros?

¿Por qué decir las cosas como son cuando es tan fácil hacer lo contrario? Me lo pregunto continuamente. Pero soy consciente de que no he sido la única en mentir tanto, la mentira forma parte de la naturaleza humana, es una capacidad que se ha refinado con la evolución. Hay que partir de la base de que la gente miente, no lo contrario. Pero a mí me gustaría decir la verdad. Por Valle. La idea de hacer las cosas bien por una vez, aunque sea tarde.

Nanna se pasaba por allí a veces. Se tumbaba a mi lado en la cama con sus libracos. Colocada y guapa con las gafas de sol a pesar de que era invierno. Fuera caía la nieve silenciosamente, y ella me leía en voz alta un libro sobre la nieve. Todos sus libros trataban siempre sobre la nieve.

—Y así acaba —dije cuando cerró el libro.

—No —dijo ella—, ahora es cuando empieza. Tenemos un niño. Es nuestro deber ser más grandes de lo que somos ahora.

Nanna solía hablar con Valle cuando yo todavía lo tenía en la barriga, resultaba un tanto ridículo, pero muy bonito, y ella siempre sabía qué decir. Le hablaba de sí misma, y a veces le hablaba de mí como si yo no estuviera allí.

—Hola, personita —le decía a la barriga con unas palmadas. Mientras ella hablaba yo le veía miles de sombras detrás de la cabeza, las sombras de todas las personas con las que se iba por la noche, las que nos mantenían. Decía que, si me pasaba algo, ella se ocuparía del niño, que ella siempre estaría ahí pasara lo que pasara. Luego desaparecía otra vez. Nadie se volvía tan invisible como ella cuando quería.

—Pues aquí estoy —decía cada vez que aparecía, para irse otra vez. Cuando se escondía detrás de la melena parecía un animalito.

—¿No ves el cielo?

—No —dije, porque la cabeza de él me lo tapaba, y lo único que veía era a él. Una mirada azul tormenta clavada en mí. Los ojos abiertos de par en par de puro deseo, fríos de odio. Allí, en el bosque, transcurrieron un instante y mil años. Me sentía el corazón, cómo se llenaba de sangre y se vaciaba de sangre y luego se volvía a llenar de sangre, veía cómo caían mis brazos a tierra, y lo que antes era mi cuerpo se quedó inmóvil. Si pudiera repetirlo todo otra vez, ¿volvería a irme con él? Me temo que sí. Este instante solo era la consecuencia de otros mil y un instantes. Y el paquete de papel de plata relumbraba en la palma de la mano.

Tiene la mirada azul claro, con varios tonos bajo la bóveda de los párpados, y tiene una forma suave casi sigilosa de moverse, como un bailarín, y no parece peligroso, con ese refinamiento que tiene en todos los movimientos, y luego la cara, que se transforma ahora delante de mí, los ojos gris mate que de pronto se llenan de oscuridad, un eclipse solar del ojo, y de su alma mana a raudales un frío mortal. Deseo, puro y crudo. Y de pronto me mira, con una mirada tan intensa que me quema la piel. Ya me toca el pecho, me toca la cara, los labios y los ojos, y en su mirada quedan el deseo y el odio por siempre entrelazados. Y ahí estoy, desnuda y fría delante de él, y ya me arranca la cabeza del cuerpo como si fuera un insecto, y durante un instante de vértigo los ojos siguen vivos, aunque la cabeza esté separada del cuerpo y unos segundos después veo de verdad el cielo antes de que este se apague y la luz se extinga, un agua de un frío carbónico corre a raudales entre el cerebro y el cráneo.

¿Llegué a pensar de verdad que iba a matarme? Sí, quizá sí, pero no pensé que ese fuera el final, creía todo el tiempo que iba a volver en forma de otra persona, que obtendría el perdón. ¿El perdón, por qué? No lo sé, el perdón sin más. Por haber nacido, por estar en el mundo. Asesinada y regresada después. Perdida. Liberada.

Hay ocho mil metros en línea recta entre el parque Haga y el barrio de Hägersten, donde encontraron mi cadáver, doce mil metros si se recorre el trayecto en coche por la autopista. Larvas de mosca, algunas aún capullos, me recorren a rastras el cuerpo. Alguna que otra mosca verdosa. Torpes, apenas movibles.

A quien me ha matado se le dan bien las matemáticas, eso dicen en todas partes el primer otoño. Un cazador o un bailarín. Un científico o un arquitecto. Yo añado al juez en cuya casa dormí el último tiempo, a veces salía a cazar por los bosques de Upsala, pero eso él no se lo dijo a la policía, ¿no? Para mí es irrelevante quién lo hiciera, me refiero a quién es culpable de mi muerte. Si llevaran a juicio a los dioses los declararían inocentes a todos y yo siempre he sabido que iba a morir joven. Y a mí me pasa lo que a Blancanieves, no le tengo miedo a nada, ni a los cazadores ni al bosque ni a los asesinos. El problema es que no quiero que me salven.

Solo sé una cosa: si hubiera querido salir de allí, no habría tenido adónde ir y si hubiera podido decir quién era él, si no hubiera tenido la lengua cortada y la boca llena de tierra, nadie me habría creído de todos modos. Así que, ¿qué importancia tiene quién lo hiciera? Me metí en su coche y fuimos pasando por los edificios y los campos y seguimos hasta el verde bosque, fue la última vez que vi la ciudad.

Y así son las cosas: de pronto tiene uno entre sus brazos a una joven muerta, fría y blanca como el mármol, a pesar de que había pensado que después de terminar iba a llevarla de vuelta a la ciudad y a dejarla en el parque de Kungsträdgården y verla perderse entre los cerezos cargados de flores. Porque resulta que algo toma el mando, aparece de la nada, aparece de repente, como una ola, se alza dentro de uno y una vez que eso ocurre ya no hay nada más, ese algo arrolla el mundo en oleadas como unas aguas oscuras y fangosas, no hay forma de oponer resistencia, y tampoco quiere uno resistirse. Lo invade una fuerza divina, es dueño de la vida y la muerte, el cielo y la tierra. Inmortal, invulnerable. Ese demonio, porque es un demonio y una especie de dios que ocupa el interior del ser humano, lleva muchos años viviendo dentro de él, y solo se ha dejado ver a veces, como una sombra hermana o un genio furioso que alguien hubiera dejado escapar de una botella. Después es como haber estado en un sueño. Pero de ese sueño no puede llevarse nada, no puede llevarse a la joven muerta, tiene que separarse de ella en el bosque. Siempre me recordará con ternura. Sí, ternura.

En todo caso, ahora estamos en el bosque junto al lago milenario y en su mano descansa gris reluciente y sangriento un órgano que debe de ser el útero. Qué ligero parece, no mayor que un huevo de gallina.

Podría haberle preguntado:

—¿Vamos a volver? ¿Me prometes que voy a poder volver con mis hijos?

Solo que no había hijos con los que volver, solo estaba yo y esta ciudad de rígida arquitectura.

Es como con Eurídice. Ya la ha violado uno de los dioses, para ella ya es demasiado tarde todo. No es que Orfeo no deba volverse a mirarla, a ella esas cosas no pueden importarle menos, es que necesita un pretexto para quedarse en el reino de los muertos. Para elegir la oscuridad es preciso tener una excusa.

Cuando acababa de conocer a Shane, me fui al centro una tarde para comprarme unos zapatos, y estuve fuera dos semanas. Continuamente estaba volviendo a su lado, a todos los que conocí esos días les decía que iba a casa y era la primera vez en la vida que lo sentía así de verdad, que iba a casa. «Voy a casa», les decía a todos los que me preguntaban, y era increíblemente feliz cuando lo decía. Claro que volver, no volvía.

Solveig debió de llevarse consigo a Clara de Upsala a Estocolmo, donde vive ahora, porque cada vez que veo a Solveig, Clara anda cerca. Sigue llevando siempre la misma cazadora de piel, dentro también, y sigue teniendo los ojos igual de intensos cuando miran a Solveig, están llenos de luz y de cariño. Solveig ha empezado a llevar traje y zapatos relucientes y abrigo de NK. Todos los días entra en uno de los edificios azul cielo que hay junto al Museo de Historia Natural y se queda allí horas y horas. El tiempo es movimiento, dice. El movimiento es realidad. Puede que sea verdad. Aquí no se mueve nada, es una calma eterna.

Cuando Clara y ella hablan de su vida parece como si las palabras salieran de un libro. Nunca hablan de mí, Valle tampoco, si es que habla, quizá sea porque no saben mucho de mí. Solveig no sabe más que lo que le han contado. Sabe que estoy muerta, sabe que era drogadicta y que las instituciones se hicieron cargo de ella muy pronto.

Pero un día va a consultar un archivo y lo averigua todo. Se queda un día entero en el archivo municipal que está en Kungsholmen, y lee todo lo que encuentra sobre nosotros. La veo ahí sentada sola, a la luz de la lámpara verde en penumbra de la sala. A su lado están las nueve cajas que contienen todo lo que se puede leer acerca de nuestra vida, tanto la investigación policial como los informes de Servicios Sociales. Se queda un buen rato mirando la fotografía tamaño carnet que hay de mí, la misma que apareció luego en todos los periódicos, está grapada en la primera página. Ahí tengo el pelo rizado, como lo tenía al final, y los ojos parecen más duros y más profundos. Miro directamente a la luz de la cámara, pero se aprecia bien que ya estoy muy lejos, altiva y triste. Puede que reconozca mis ojos y su cara delgada en la mía, llena de pecas. La foto está tomada unos meses después de que ella viniera al mundo, en primavera. Me la hice para renovarme el pasaporte y poder ir en busca de Shane a Estambul, allí era donde yo creía que estaba, pero cuando el pasaporte llegó por fin yo ya estaba apestando dentro de aquellas maletas.

Solveig se queda un buen rato mirando la fotografía y de los ojos empiezan a brotarle lágrimas que caen en la mesa, son tan grandes y redondas que se oye un ruidito cada vez que chocan contra la superficie. Y ahí, en los pasillos subterráneos de Kungsklippan, me convierto en su madre por primera vez, cuando Solveig ve la minúscula foto en blanco y negro pegada a una fotocopia. Cuando llega al final del relato, donde dice que pedimos que se la llevaran incluso antes de que naciera. A esas alturas ya ha visto las fotografías de mi cadáver descuartizado. En los documentos dice que acudimos allí cuando me encontraba en el quinto mes de embarazo, dice que no quisimos aceptar la ayuda que podían ofrecernos, que queríamos firmar lo antes posible. No dice que eso era lo único que podíamos darle, que era lo único valioso que podíamos ofrecerle, una vida sin nosotros, no dice que teníamos tanta prisa porque nos daba pánico que pudiéramos arrepentirnos. Dice que tiene un hermano, que se llama Valentino y que nació tres años antes que ella.

Un aroma a mar y a bosque recorre ondulante los viejos documentos y veo que ahora se encuentra mal, se ha llevado la mano a la boca y le brilla la frente de sudor y se le ha puesto la cara gris. Me pregunto por qué no ha ido Clara con ella. Pero es que no se encuentra en la ciudad, según veo luego, porque cuando Solveig la llama llorando desde el móvil, ella no puede acudir, pero la voz suena cariñosa y comprensiva. Y no creo que sea yo, yo jamás haría daño a Solveig, pero de pronto le gotea entre los pies un agua fangosa y oscura y muy al fondo del edificio se oye un estruendo. Y ahora el agua negra inunda los pasillos, entra a raudales en la sala de lectura que tiene las lámparas de color verde y todo está oscuro y lleno de tierra y cenizas, y Solveig suelta todos los documentos y echa a correr hacia la luz. Esos documentos que un día escribieron sobre nosotros se los lleva la corriente del negro río. Luego se sienta a la luz de la calle. Abre la mano y allí sigue mi fotografía.

¿Seguís escuchando? No pasa nada si no, hace mucho que dejó de importarme que nadie escuchara lo que decía. Según mi experiencia, todo el mundo está tan obsesionado consigo mismo que le cuesta oír cualquier cosa que no sean sus propios pensamientos. Se ve cómo el desasosiego los atraviesa reptando como una serpiente cuando no los dejan hablar a ellos, y uno quiere salvarlos, y dejar que sigan hablando de lo suyo. Pero hay excepciones, los que se calman cuando oyen otra voz, como Shane, como Nanna.

Muchas de las personas a las que veía en Herkulesgatan iban allí para hablar. Eso era lo más difícil, resultaba más sencillo con los que solo querían hacerlo y no alargaban la cosa, yo me sentía sucia con todas aquellas palabras. Algunos creían que se encontraban *bajo la rosa sagrada* y en cuanto se cerraba la puerta del coche empezaban a confesarse. Ni que yo hubiera sido psicóloga o cura. Cuando uno se muere empieza a dársele un poco mejor escuchar, porque entonces lo oye todo, cuando uno tiene tiempo de reproducir todas las conversaciones, oye todos los matices y lo que se dijo en su día y no se le escapa nada, lo cual también es espantoso, puesto que ya es muy tarde para todo desde hace mucho tiempo. Pero si ese es el castigo, toda esa escucha y todo ese rebobinar, ¿cuál es el delito? Eso nunca llegaré a saberlo.

No reconozco el mundo en el que crecí, las cosas son de otra forma, la gente se mueve de otra forma, más huraña, más segura de sí misma, como si tuvieran delante espejos enormes. Todos dicen que todo ha ido a peor, pero quizá también sea un poco mejor, tiene que ser la indignación de tantas expectativas acumuladas lo que entorpece la vista, lo mejor es siempre no contar con nada. O quizá sea esa actitud desabrida de la gente disfrazada de futuro lo que me deslumbra. Los tíos que se masturban siguen estando ahí, desde luego, se plantan en los túneles con los pantalones bajados, pero como solo lo hacen delante de niñas, las adultas de todas las generaciones siempre creen que han desaparecido. La mayor parte de los comercios se ha trasladado de la calle Herkulesgatan y abajo en un mundo de sombras es casi imposible imaginarse ahora un mercado callejero como el de los lisiados medievales que conseguían dinero con su desgracia. No, del todo no han desparecido, pero sí hay menos, y son sobre todo mujeres sin papeles las que se ponen ahí, ellas tienen menos que nada. Pero en realidad todo sigue igual, solo son nuevos sitios y nuevas variaciones sobre los temas de siempre.

Contemplo el río donde nuestra casa estuvo en su día, fluye sin cesar con sus aguas verde esmeralda, los nenúfares negros se estiran hacia la superficie como yo me estiraba antes en busca de Raksha. Tantas veces como he pensado que debo mantenerme lejos, que no debo molestar a nadie, que tengo que dejar que Valle y Solveig sean quienes vayan a ser sin mí. En la capillita de la iglesia que hay junto al río está colgado el mismo Jesús que cuando yo era niña. Siempre le miraba esos ojos amables, él también había fracasado y su padre también se había enfadado con él porque lo había dejado allí colgado, ensangrentado y miserable.

Un día Valle se subió a una silla con una cuerda alrededor del cuello. Tenía la mirada quieta como el cristal, una capa de fiebre le cubría la cara, se lo veía totalmente tranquilo, brillante y suave y como si flotara. Yo sé bien cómo es esa quietud. Al otro lado de la ventana hacía sol, estaba un poco abierta y una pálida luz invernal inundaba la habitación. El suelo estaba lleno de cosas por todas partes, ropa y platos sucios y cajas de *pizza*. La cuerda era gruesa, de eso me di cuenta, y me mantuve muy cerca de él sin saber qué hacer. No tenía la menor importancia, de todos modos, no podía hacer nada. Valle estaba muy lejos, en otro mundo. Pronto se encontraría muy lejos de aquí.

—Mamá —dijo de pronto alto y claro. Luego encogió los pies, pero sin dar una patada a la silla. Sentía su respiración fatigosa como si hubiera sido la mía, pero no podía hacer nada. Y la cuerda se cerró más, y él dejó de respirar. Grité, pero no se oyó ningún sonido. Intenté bajarlo, pero no tenía manos. Intenté sujetarlo y arrancarle la cuerda de las manos, pero yo no tenía ya ningún poder en el mundo y tampoco ningún poder en ningún otro lugar. Vi a mi hijo morir delante de mí y el mundo enmudeció, los restos del mundo en el que yo me encontraba, los restos de luz.

¿Por qué no iba a poder dar una patada a la silla y verse libre? Yo sabía lo solo que se encontraba, que llevaba mucho tiempo luchando, y cuántas cosas iban bien ahora en su vida, sin que a él le fuera *bien*. ¿Acaso debía seguir viviendo solo para que yo pudiera mirarlo de vez en cuando y ver esa cara tan guapa? Pensé: Si sobrevive a los próximos segundos, nada volverá a hacerle daño nunca. Llegué a pensar la idea de que vendría adonde estoy yo, pero ya sé que esas cosas no funcionan así. La palabra *paz* me recorrió por dentro. Y recordé que le encantaba volar. Así que le susurré que se fuera volando, que saliera volando del tiempo. No sé si fue esa la razón por la que de pronto consiguió arrancarse la cuerda del cuello y cayó al suelo. Lloraba tanto que le temblaba todo el cuerpo, vomitaba y tosía, y desde arriba parecía como si alguien lo hubiera agarrado y lo estuviera sacudiendo. Entonces se calmó. La luz del sol iluminó el cuarto, un arcoíris ascendió en el cielo entre los altos edificios, y lo dejé estar a solas consigo mismo. Puede que creáis que me he inventado lo del arcoíris, pero no. Puede que me haya inventado alguna cosa de esta historia, pero el arcoíris que salió aquella mañana al otro lado de la ventana de Valle, ese es verdad.

Creía que no iba a atreverme a ir a verlo después de lo de la cuerda, estaba segura de que lo encontraría en el depósito, frío como la nieve. Pero un día no pude resistirme a echar una ojeada y allí estaba sentado al sol con Solveig en una cafetería. ¡Solveig!

Ya brillaba el primer sol primaveral y Solveig llevaba un chaquetón grande de color amarillo. Valle parecía muy contento, como ligero, tenía los ojos claros y llenos de luz, miraba a Solveig a la cara sin bajar la vista. No puede ser la primera vez que se ven, tienen que haber quedado más veces, porque me di cuenta de que ya estaban acostumbrados a estar juntos y hablaban de temas de los que tenían que haber hablado en otras ocasiones. Solveig debió de volver a Asuntos Sociales a pedir su nombre, puesto que Solveig es Solveig, y tiene esa manera tan bonita y espléndida de hablar, así que se marchó de allí con su nombre en el bolsillo y luego un día seguramente se plantaría delante de su puerta y le dijo que es su hermana. Y allí estaba ahora, ella con ese corte de pelo a lo Elvis y él con un moño misterioso con el que se parece a la Pequeña My. Reían mucho, y yo me reía también, aunque a mí no se me oía. Nunca lo había oído hablar tanto, hablaba por los codos. Y cuando los vi juntos, me di cuenta de que se parecían a Raksha y a Ivan, vi cómo los que fueron mis padres se traslucían en las caras alegres de Valle y de Solveig como leves movimientos en el agua. Sentí una añoranza terrible y renovada y tuve que apartar la vista un instante, creo que, de pronto, me eché de menos a mí misma.

Tenía muchísimo miedo, decía Solveig, de que se parecieran, y tenía miedo de que no se parecieran nada. Pero lo que más miedo le daba era que él le cerrara la puerta en las narices al verla.

—Pero si no he estado más contento en la vida… —dijo Valle.

—¿Te diste cuenta de quién era?

—Enseguida.

—¿Aunque no sabías de mi existencia?

—Esa es mi hermana pequeña, pensé.

Valle trabajaba ahora en el aeropuerto de Arlanda, vendía colonia y maquillaje en una tienda de *tax free* reluciente como un espejo desde la que podía ver despegar los aviones. Debía de haberle contado ya en otra ocasión que se drogaba, porque Solveig le preguntó:

—¿Por qué lo dejaste?

—No sé, lo dejé sin más.

Y le dijo que él siempre había sabido que terminaría quitándose la vida, desde la época en la que era pequeño y estaba solo en el bosque con los cuchillos y los perros, que aquel era su pensamiento más tranquilizador, que iba a morir joven.

—Y entonces, ¿por qué me lo cuentas? —dijo Solveig.

—Para que no te asustes.

—Ya, pero me asusta también.

Se quedaron un rato callados.

—¿Y qué es lo que te retiene aquí? —preguntó Solveig al fin.

—No lo sé. Es que no termino de irme. Y me da miedo pensar que pueda renacer como otra cosa mucho más horrible.

—Vale —dijo Solveig.

—¿Vale? —preguntó él.

Ella se lo quedó mirando, luego dijo:

—No voy a intentar detenerte si de verdad no quieres quedarte, pero, lógicamente, me alegraría muchísimo que te quedaras.

Una parte de mí desea que la humanidad sucumba como especie. Es esa idea infantil de que el mundo se estremeciera de pronto y se detuviera para siempre en el instante en el que yo di mi último suspiro, cuando él me estranguló en el bosque. Pero claro, sé bien que el único que se detuvo fue mi mundo, que vuestro mundo seguía girando vertiginosamente sin mí. La vida fue como fue, y la muerte, también.

Otra parte de mí quiere que todo siga, que la humanidad tenga una oportunidad más, igual que a veces deseo para mí otra oportunidad, pero esas ideas no llevan a ningún sitio, llevan directamente al fondo de la oscuridad. Aun así, a veces rezo una plegaria sin más a la nada aunque sé que lo único que hay es este sistema solar sinuoso y vacío y la fría luz blanquecina de la Vía Láctea. Pido por Raksha y por Ivan y pido por Solveig y por Valle. *Mantén en la luz a esas personas. Protégelas de los poderes malignos.* A veces temo que haya rogado sin querer a los poderes malignos.

Un día lo dejaré todo y volveré como un remolino a esa nada de la que llegué. Me paso horas observando a Raksha y me gustaría que dijera mi nombre, necesito saber que todavía existo dentro de ella, pero Raksha no tiene a quién decirle mi nombre. Toma café con Sylvia todos los domingos, y a veces ella le corta el pelo, son las únicas ocasiones en las que habla con alguien, pero nunca dice nada de nosotros. Ni de mí, ni de Eskil.

Sigue teniendo dos niños, igual que yo, porque a los niños siempre los tenemos, eso no puede cambiarlo la muerte, ni en mi caso ni en el suyo. Madre no se deja de ser nunca, da igual lo mucho que intente una arrancárselo. Un tiempo tuvo a Ivan, después de mi muerte, apareció otra vez, pero luego se marchó, y ahora solo tiene a Sylvia. Sylvia, la del peinado fino y rubio de diente de león que habla abiertamente en el cuarto mientras Raksha la escucha sentada con las manos en el regazo. Mi deseo de volver se debilita, la añoranza se va pasando, aquí solo están el viento y el leve olor a eternidad y a olvido. Cuando veo a los que han quedado después de mí, también ellos son extraños.

A veces pienso que me gustaría preguntar por aquello que Raksha dijo una vez de que no podía seguir siendo mi madre.

—¿Pero cómo pude decir algo tan absurdo? Pues claro que eres mi hija —murmuraría quizá ahí tendida en la bañera y adormilada, mientras deja que el somnífero se le disuelva en el cuerpo.

—Supongo que no tuviste fuerza para seguir siendo mi madre, ¿no?

—Pues claro que quería. Ser vuestra madre es lo que siempre he querido.

—Bueno, pues lo dijiste de todos modos.

—Ya, pero son cosas que decimos y que no pensamos. Qué absurdo pasarse la vida entera creyendo algo así. Es solo que había tocado fondo. Literalmente, el fondo del puto río. No te creas todo lo que oyes.

—De todos modos, antes tampoco estabas contenta.

—¿Ah, no? Ya, puede que no, hay gente que no está contenta nunca, pero no se puede ser como tú, tan literal y tan estricto con las palabras, entonces se hunde uno.

—Yo ya me he hundido, mamá.

Una está ligada para siempre a aquel que la ha matado, eso es a lo que más difícil resulta acostumbrarse. Escudriñar el interior de los que uno ama es una cosa, pero escudriñar el interior de nuestro asesino es totalmente distinto, hay que revivir la propia muerte una y otra vez. Durante un tiempo me preguntaba cómo podía seguir viviendo conmigo sobre su conciencia, ahora ya ha dejado de preocuparme. La capacidad del ser humano de inhibir los recuerdos es infinita, la memoria constituye solo una parte de la psique y la función del organismo es organizar esa memoria para que el ser humano no se hunda. Hace mucho estuve pensando en vengarme, ardía por dentro, pero ya no queda nada de esa sensación, y aunque quedara algo, no es posible.

Dentro de él reinan aridez y vacío, desierto, pero tiene esa movilidad específica que comparte con tantos otros locos, algo en su interior que está totalmente abierto y gracias a lo cual le resulta muy fácil relacionarse con la gente. Puede que no llegue a irradiar calor, pero sí presencia e intensidad, irradia la idea de que es un poco diferente. Pero nadie creería que es peligroso. Y cuando a veces le vienen a la mente las imágenes de la muerte o por la mañana cuando acaba de abrir los ojos los tiene rotos, fragmentados, sin contexto. Es como en una película que vio en el cine hace mucho tiempo. Creo que ha gastado gran parte de su energía en mantenerme alejada y al final solo queda una franja delgada en la que vivir, su vida se encoge hasta que casi no queda nada. Los últimos años se ha mantenido apartado, ya no se para a hablar con los vecinos junto a la valla y su mujer se fue de casa hace poco, la oí decir que se sentía como si amara a un vacío.

Aquí me veo desde fuera, como en una foto, y una y otra vez nos veo a Valle y a mí sentados delante de una mesa de plástico del Burger King esperando a un chulo o a un camello. Ahora, cuando miro, veo que se ha dormido en mis brazos. Acaban de dar las doce de la noche y tiene ojeras. ¿Por qué no me voy a casa? Si ya sé que al final me lo van a quitar a menos que cambie. ¿Es eso lo que quiero? ¿Era eso lo que quería todo el tiempo? No puedo explicármelo de otra forma, puesto que dejé que sucediera.

RESPIRACIÓN

Shane había ido otra vez a Estambul, Valle estaba a punto de cumplir tres años y yo no sabía cuánto tiempo íbamos a estar él y yo solos, así que deambulábamos por la ciudad. Nos sentábamos en el parque de Kungsträdgården y contemplábamos los árboles color de rosa que acababan de florecer. Valle ya no era un bebé, era una persona en miniatura que se sentaba a mi lado y me miraba. A veces alargaba la mano para atrapar alguna de las hojitas que caían danzando en el aire como los copos de nieve. Yo estaba deseando que Shane diera señales, pero cuando por fin me llamaba no sabía qué decirle. Ahora, cuando pienso en nuestra vida, tengo la sensación de que no fue más que un intento constante por localizarnos desde distintas cabinas telefónicas. La sensación de ahogo que surgía en esos momentos, cuando uno no lograba localizar al otro. Y luego, cuando por fin oía la voz del otro, cuando por fin se encontraba muy cerca y era lo único que había en el mundo, pues no teníamos nada que decirnos.

—¿Dónde has estado? —le preguntaba él desde una distancia infinita.

—Pues aquí.

—¿Puedo hablar con Valle?

—Ahora no.

—Pero ¿está ahí?

—Pues claro, ¿dónde iba a estar?

Luego se nos presentó la oportunidad de vivir en casa de Harry, en Floragatan. Yo ya había vivido en su casa antes, y Shane y yo íbamos mucho cuando estaba embarazada de Valle. Harry tenía dos perros enormes, dos grandaneses grises, y le gustaba que hubiera siempre gente a su alrededor y no sabía qué hacer con todo el dinero que tenía. Siempre había alguien de la calle viviendo en su casa. Fueron muchos los días que me pasé en aquella cama enorme mirando el parpadeo de la luz del televisor. En el piso siempre se oían voces mientras yo flotaba allí tumbada, y debajo de la cama había una farmacia y todo un reino, podías conseguir lo que quisieras. Creo que tenía tantas medicinas por su trabajo.

Esta ciudad está llena de hombres que buscan compañía y no todos andan detrás de algo relacionado con el sexo, muchos no se atreven, son demasiado viejos, tienen demasiado miedo o cualquier otra cosa, algunos quieren que los azoten, otros quieren que los arrullen como si fueran niños pequeños. A veces Harry me preguntaba si podía vigilarlo mientras él se encerraba en su bolsa de plástico y se masturbaba. Cuando se corría, había que quitar la bolsa rápido, para que no se ahogara, pero no había que tocarlo, eso lo hacía él. Yo también lo probé varias veces. Cuando cesa el suministro de aire se produce un arrebato de embriaguez en el cuerpo que se parece a la heroína, solo que es más rápido y más peligroso, creo. Yo nunca sentí nada de sexo, para mí era más bien algo existencial, estar al borde por un instante. Alguna vez le pedía a alguna chica que hiciera cosas con los perros, a mí no. No lo habría hecho jamás. Mentira. Habría hecho cualquier cosa por tener acceso a su farmacia. Pero a mí nunca me lo pidió.

Nos quedamos allí semanas. Valle va correteando por las habitaciones, le encanta recorrer unas salas tan grandes, porque está acostumbrado a nuestro piso de un dormitorio. Jugamos con los perros y a veces lo dejamos que vaya a pasearlos con Harry por los jardines de Humlegården. La mayor parte del tiempo me la paso adormilada debajo de un radiador. Pienso todo el rato que vamos a volver a casa, pero se ve que no terminamos de irnos, y a Valle le encanta estar con los perros. ¿Te acuerdas, Valle, te acuerdas de cómo te gustaban aquellos perros tan grandes?

En casa de Harry las luces están encendidas las veinticuatro horas del día. Allí nunca es de noche. Veo la sombra de los perros desde donde estoy tendida en el suelo, debajo de la ventana, calentita al lado del radiador. Aunque fuera hace calor, yo tengo frío. Las copas de los árboles se mueven fuera con la suave brisa, un leve tintineo como de miles de campanitas. A lo lejos oigo la voz clara de Valle en lo más recóndito del piso, suena como si él y Harry se estuvieran moviendo rápido de una habitación a otra. La risa clara de Valle, cómo resuena cuando le hacen cosquillas, y una voz más sorda, más pesada, también alegre, abierta. Pienso en los juegos de cuando era niña, en que siempre me daban miedo los otros niños. Ellos siempre sabían lo que querían, siempre tenían un plan y una voluntad, algo que deseaban y que les recorría el cuerpo como electricidad. Valle nunca tenía miedo de nadie, él quería a todo el mundo.

Nanna es una silueta de luz en la puerta del dormitorio, con el pelo tan pálido, parece que la puesta de sol se hubiera incendiado a su espalda.

—Tenéis que salir de aquí.

Esa noche dejamos a Harry.

Nanna lleva a Valle en el cochecito, nos conduce bajo tierra, donde no nos puede ocurrir nada malo.

—Os he estado buscando por todas partes.

—Pues estábamos aquí.

—Creía que estabas muerta.

—Aquí estoy —digo con las palmas extendidas, como si fuera un regalo.

Nanna no se ríe. Hace mucho desde la última vez que se rio.

—¿Adónde vamos? —le pregunto.

—A casa.

—Pero es que no queremos volver a Sockenplan.

El metro se acerca a toda velocidad por dentro de la montaña que tenemos encima, así que no oigo lo que responde.

Por todas partes mantas sucias y bultos de personas que duermen bajo la débil luz amarillenta. Ahí es donde tengo a mis amigos, tengo a Nanna, ella nunca le tiene miedo a nadie. Esas personas se mueven despacio, como por debajo del agua, no hay luz, solo alguna linterna errabunda, y la luz de las hogueras. Alguna vez se da el caso de que alguien se enfada, una mano al cuello o una bofetada repentina, pero nada grave, se pasa enseguida, y ahí abajo nadie esconde nada, así que no hay nada que temer, no hay secretos, nadie vale más que nadie, todos somos igual de inútiles, no pertenecemos a nadie, no tenemos nada.

La primera vez fuimos Shane y yo los que vivimos ahí, hace mucho de eso, cuando acabábamos de conocernos. Dormíamos uno junto al otro pegados a una cálida pared de cemento y el ruido de los trenes del metro que pasaban a gran velocidad estaba presente a todas horas. La pared chorreaba agua, seguramente, de los desagües, pero allí siempre se estaba calentito, era como estar tumbado junto al cuerpo durmiente de un gigante, y el sonido del agua me tranquilizaba. Aquella vez pensé que éramos libres y soberanos porque no teníamos dónde vivir, ahora que también está Valle todo es muy diferente. Si no estuviera Nanna, me arrojaría a las vías del metro con él en brazos.

Miro a Valle y a Solveig continuamente y cuando los miro están juntos otra vez. Todo el tiempo está el uno allí donde está el otro. Valle duerme en casa de Solveig y Clara y ahí puede dormir sin tener pesadillas. Hace un verano cálido y duermen con todas las ventanas abiertas y el cielo sigue levemente azul durante la noche. Valle duerme boca abajo a la luz de la luna junto a Solveig y Clara, enredadas entre sí como cachorros en una madriguera, y pienso que ahora que ya no están solos en el mundo nada puede hacerles daño. Clara hace fotos con una cámara enorme que tiene y las cuelga en el piso por todas partes y los ojos de Valle se ven alegres ahí sentado con ellas bajo la intensa luz estival. Por la mañana temprano, antes de que se despierte la ciudad, bajan al lago Råstasjön. Se sumergen en las negras aguas y desaparecen y cada vez que salen de nuevo rompiendo con la cabeza mojada la negra superficie resplandeciente para volver a llenar los pulmones de aire y de luz y de verano siento vértigo. Aguas quietas y oscuras y luego la liberación de poder respirar otra vez. La luz, que hiere los ojos y el mundo, que vuelve. Las cabezas de mis hijos parecen nenúfares vistas desde arriba, solas en el negro reluciente de las aguas quietas, y desde más arriba aún se ven solo como cabezas de alfiler y al final no se los ve a ellos en absoluto, solo la superficie brillante del lago sobre la que se reflejan las nubes. Y podría creerse que es un sueño, fantasías a las que se dedican los muertos para pasar el tiempo. Pero entonces a lo mejor la vida también fue solo un sueño.

Al final resulta que es más fácil mirar al asesino que a aquellos que queremos. Es menos doloroso. Me pregunto si tiene miedo de lo que venga después, ¿temerá el fuego? Yo creo que sí, a pesar de que es un ateo recalcitrante desde niño. Ahora está mayor y más débil, no ve bien. Yo lo he visto tanteando los muebles en la casa para no caerse. ¿Pensará en el clásico infierno con sus hogueras y demonios, con el lamento ahogado de las mujeres y el llanto incesante de los niños, un vertedero de restos humanos que arde y causa sufrimiento, pero sin purificar? ¿O será solo una preocupación agazapada por que lo engulla la grisura, por perder la forma humana? Yo podría aliviar esa preocupación dándole un dato muy sencillo. El ser humano está solo en la eternidad, no existe ningún cielo, ni dioses, ni duendes navideños, estamos totalmente solos sin vigilancia de fuerzas superiores. No hay ningún castigo, pero tampoco ningún perdón. Cuando llega el fin estamos solos, caemos de cabeza en la nada.

Estoy deseando verlo morir. Espero que le duela. Espero que tenga miedo, igual que lo tuve yo. El pánico es lo peor, la esperanza de que te vas a librar, hasta que comprendes que no. Pienso estar ahí, espero verlo sufrir en soledad un padecimiento estilo Jesucristo.

Era junio, se acercaba el verano, el último de mi vida.

Nos quedamos allí un rato sentados mirando el paisaje verde brumoso y escuchando el ronroneo del motor hasta que apagó los faros y se volvió hacia mí.

—Sal del coche y espérame —dijo, y yo salí y esperé. Después oí su voz a mi lado.

—Entonces, ¿nos vamos?

Eché a andar bajo la suave lluvia y el verano era como un espacio de humedad a mi alrededor y los árboles eran enormes con las copas cargadas de lluvia. Todos los sonidos cesaron de pronto. Los pájaros, las gotas de lluvia, el ruido del motor, el eterno silbido de los cables eléctricos; era un mundo mudo sin sonidos. ¿Quién puede ser tan tonto como para ir a esconderse en una cabina de teléfono? Son cosas que uno se pregunta después. Las cabinas ya no existen, pero las recordáis, ¿verdad?, las había por todas partes, lo expuesto que uno estaba allí dentro, como en un viejo frasco de formol a la orilla del bosque. En el coche me esperaba él, y los faros iluminaban el mundo lluvioso que nos rodeaba y el mundo parecía engullido por esa niebla creciente que empezó a formarse esa tarde y realmente solo quedábamos nosotros en la tierra. En algunas zonas el cielo estaba tan bajo que las copas de los árboles desaparecían entre las nubes. Y ya he dicho que traté de correr, ¿verdad?, que salí disparada de la cabina cuando él volvió, que me adentré corriendo en el bosque y él vino detrás y me tiró al suelo y me atrapó como a un animal allí en el barro antes de arrastrarme al coche.

La bruma penetra todas las oquedades y hasta el interior de la tierra junto con la sangre que me brota de la nariz y la boca y todos los ruidos han cesado de verdad, el silbar de la tormenta, las ramas al quebrarse, el repiqueteo de las gotas en la cara y los chillidos espeluznantes de las aves, como si el cielo hubiera absorbido los sonidos del mundo, y uno de los ojos se me ha debido de encharcar de sangre porque de pronto la mitad del mundo está a oscuras. Unas aguas rojas que se van elevando sobre el paisaje suben aunque se diría que es una llovizna que cae sobre los árboles como detrás de un cristal. Como la mierda, excrementos que van deslizándose despacio por la membrana de cristal del mundo, esa que yo nunca pude cruzar, siempre me quedé fuera viendo la vida pasar allí dentro. Como un insecto, así me arrastraba por fuera. Y ahora se abre el bosque, los árboles son cada vez menos tupidos y ahí está otra vez la carretera, discurre como una serpentina gris por el paisaje. Y debo de haber descrito un arco en mi carrera porque ahí está el coche, un objeto extraño y frío en medio del paraje puesto que pertenece al mundo de los humanos, reluce sordo bajo la luz amarillo gris verdoso henchida de lluvia. Con una de las puertas del coche abierta como una boca se planta ahí y me mira inmóvil igual que un depredador que ya ha vencido a su presa, inmóvil igual que alguien que sabe que las personas como yo siempre van a correr en círculos, y con un par de zancadas se coloca a mi lado y me tira al suelo y se me sienta en el pecho. Tiene la ropa llena de barro y de arena, todo está empapado, rocío y lluvia y agua del subsuelo que poco a poco va subiendo desde debajo de nosotros, un agua oscura de muerte, y bajo mi espalda se produce una succión, como si la tierra misma me quisiera recuperar, en lugar de ser él quien me abandona. Ahora él se ha convertido en ese pájaro grande de la infancia que se me sienta en el pecho y me saca los ojos a picotazos.

El olor a lago se extiende como una herida abierta, el mismo olor que una vez inundó la sala de partos, cieno y algas y la más pura putrefacción, es la parte interior del cuerpo la que está abierta, el alma expuesta como la carne que de hecho es. Él se apacigua, me mira, es una mirada que pertenece a la prehistoria, cualquier rastro de humanidad la ha abandonado, vosotros habéis visto una mirada así, fría y rígida, una rabia congelada, puro instinto.

—Has vuelto conmigo.

Me ha desaparecido la voz, el agua y la tierra me han hecho un nudo en la garganta y los pulmones se me encharcan de sangre. ¿Qué diría si tuviera voz? ¿Qué diría si aún hubiera tiempo? No lo sé.

De nuevo en el coche después de que intentara escaparme y de que la carretera se estrechara, con el bosque de una intensidad cada vez más agobiante a nuestro alrededor, decidí no oponer resistencia, quería ir a la muerte sin pedir clemencia, pero el cuerpo no se dejaba vencer tan fácilmente. Al final, algo se impuso, empecé a pelear llamando a gritos a Raksha. Pero luego, cuando me apretó el cuello con las manos y me violó, vino el aturdimiento corriéndome por las venas y lo volvió todo apacible y vibrante, y dejé de tener miedo.

Estaba descuartizada en la playa y nada había que temer ya. Y ahora la cosa fue rápida, la luz desapareció del cielo y se hizo la oscuridad en el lago. Él se lavó la cara en el agua dulce y después se sentó un rato a contemplar la superficie y la silueta de los abetos que había en la otra orilla. Luego arrastró las maletas por la breve pendiente y dejó cuidadosamente en el suelo lo que quedaba de mí. Yo era un montón de carne en la hierba. Era naturaleza cruda, una masa informe de carne rosácea que no se parecía a una persona, era la fase previa a la tierra, al polvo de estrellas, un animal muerto entre otros animales muertos. ¿Sería eso la pasión en su forma más pura? Vencer el cuerpo del otro.

Es como si el lago absorbiera despacio todo lo que vive, sus relucientes aguas atraen la última luz crepuscular, y las flores y los árboles también se sienten magnéticamente atraídos hacia allí, hacia la superficie de brillos de plata del lago, arbustos y arbolillos jóvenes que se inclinan como si el viento los empujara en la dirección del agua. Lo mismo ocurre con el cielo que se refleja en el negro lago, lo mismo con algunos niños incautos en verano, cuando el agua está caliente y lisa. Alarga uno el brazo en busca de la vida y encuentra la muerte.

—Hija mía… —me llama Raksha desde algún lugar muy lejano. Por encima giran las copas de los árboles, creo que son abedules, el leve rumor o tintineo al viento y la luz palpitante desmigajada que cae entre las tiernas hojas verdes. Hacía muchísimo tiempo que no llamaba a Raksha. Había pensado que ya no quería nada de ella. Ni preguntas ni regalos ni llamadas telefónicas. Y resulta que ahora me habría gustado que viniera a este bosque fuera del mundo para abrazarme cuando me morí.

—¿Hay alguien ahí? Raksha, ¿estás ahí?… Raksha, creo que me he cagado encima… ¿Estás ahí, mamá?

Cuando se corta a los muertos no sale mucha sangre, y él fue minucioso y cauto, casi cariñoso, cuando trasladó mi cuerpo por la playa, parecía que lo hubiera hecho antes y no iba con prisa, no se estresó al ver que caía la noche y la luna asomaba entre los árboles como si alguien lo iluminara con la luz fría de un foco gigantesco. Y no pensaba dejar ningún rastro, ni un cabello ni tampoco nada debajo de mis uñas.

Mi cabeza cae en la hierba empapada. Una lluvia suave se precipita sobre el bosquecillo, un rayo de sol frío que se extiende lentamente sobre las copas de los árboles cuando él regresa a la ciudad en coche conmigo en el maletero. La misa aún no ha terminado en la radio, pero él cambia de canal, pone las noticias. *Las islas Malvinas acaban de rendirse a Gran Bretaña, el último enfrentamiento se ha producido con bayonetas y pistolas. Una luna de sangre se alza sobre Europa.* Él llega a casa, se lava las manos a fondo, la cara, el cuello, los genitales, se ducha, se lava el pelo, pasa la aspiradora, friega el suelo, limpia todas las ventanas, se duerme pronto en unas sábanas limpias y suaves. Dentro de él se produce como una resurrección.

Muchas veces pensé que la muerte no me quería, que probaba un bocado de mí y lo escupía después. Pero al final se ve que ha cambiado de idea. ¿Qué le vamos a hacer? Es una lástima que no pudiera seguir viva, pero lo cierto es que nadie sobrevive a la vida.

Estábamos sentadas al lado de los ángeles del altar de la iglesia de Santa Clara compartiendo una hamburguesa. Sobre nosotras se veía la imagen de Jesús cuando lo bajaban de la cruz. Era de noche, solo sonidos débiles de alguien que dormía entre las filas de bancos. Valle dormía en el carrito, a nuestro lado. Nanna le estaba cuidando el gato a alguien y se lo había llevado, el animal se subió al altar, anduvo por allí un rato y luego se enroscó en el regazo de Nanna y se durmió también.

—Tenéis que iros a casa ya —dijo Nanna.

—Ya lo sé.

—Cuando amanezca cogéis el metro.

Nos quedamos calladas. Me parecía oír el ruido de las velas encendidas que ardían cerca de nosotras.

—¿Y tú? ¿No quieres venirte?

—Yo me quedo aquí.

—A veces pienso que no va a volver nunca —dije.

Nanna sonrió con esa sonrisa suya de quien ya lo ha visto todo y no se asombra de nada.

—Él estará pensando lo mismo. Quien se va y deja a alguien siempre piensa que no va a volver.

El gato se despertó y empezó a estirarse. Pensé en todas las veces que creí que Nanna se había ido para siempre y de pronto aparecía otra vez en Herkulesgatan como un viejo fantasma maravilloso. Nadie era capaz de estar tan cerca como ella, y tan ausente.

—A veces tengo la sensación de que solo existes en mi cabeza —le dije de pronto—, de que eres alguien que me he inventado yo.

—Vaya, pues te podrías haber inventado algo mejor, ya que estabas.

—Pues yo creo que tú eres lo más bonito que se me podía haber ocurrido —le dije, y vi que tenía los ojos empañados. Se acercó al gato a la cara y le dio un beso en el hocico sonrosado. El gato cerró los ojos.

—Bueno. No nos pongamos sentimentales, cariño. No nos servirá de nada ni a ti ni a mí.

Shane había vuelto. Un día apareció delante de nosotros cuando íbamos por la calle. Estaba pálido y ojeroso.

—Hola, campeón —dijo cuando salía del portal de casa, y se sentó en cuclillas delante del carrito. Valle abrió los ojos de par en par, alargó despacio una mano y le tocó la cara a Shane. No dijo nada, simplemente se quedó mirando a su padre, concentrado, sin pestañear. Shane lo cogió en brazos y lo abrazó fuerte contra el pecho, y vi que lloraba en silencio entre el cabello de Valle. No le pregunté qué había estado haciendo, era demasiado orgullosa, y él tampoco me lo contó, pero creo que ya en ese momento supe que estaba enfermo.

Cuando Valle se durmió me metí el primer pico en varias semanas y me dejó inconsciente. Ahora creo que habría sido mejor si me hubiera ido con la muerte ese día. Pero lo que hice fue ir nadando entre la luz y la oscuridad para subir de nuevo al suave resplandor de la lámpara en medio del cual dormía Valle en la vieja cuna que en realidad le quedaba pequeña.

—¿Por qué no habla? —preguntó Shane cuando Valle se me durmió en el regazo. Era la única forma de conseguir que se durmiera, aunque ya era mayor para eso. Shane estuvo intentando conseguir que le dijera algo. Valle parecía contento, pero no decía nada, se limitó a mirar a Shane con sus ojos claros y rápidos.

Antes decía palabras, hablaba todo el rato, un dulce parloteo que brotaba de él aunque no era posible distinguir nada. También decía algunas palabras aisladas —muñeca, león, perro, mamá— con total claridad, pero ahora ya no.

—Tampoco es que nosotros hablemos mucho —le dije.

Pensé que las palabras no eran más que una forma de esconder cosas que no teníamos fuerzas para saber. Sin las palabras, el mundo se presenta ante uno desnudo y veraz.

A Shane le habían salido en el pecho unos moretones que antes no tenía. Por las noches me quedaba mirándolo mientras dormía. Era guapísimo, la fina piel tan clara de los párpados, que siempre le daba una expresión de vulnerabilidad, y el pelo de la nuca, que se le rizaba debajo de la capa oscura y brillante.

—Estás vivo, ¿verdad? —le susurré acariciándole el pecho. Respiraba, pero sentí que estaba muy lejos.

El último tiempo que pasamos con Valle fue el más tranquilo que habíamos tenido hasta entonces. Nos drogábamos, pero no tanto. Era como si no nos apeteciera del todo. Nos bañábamos en la cala de Barnhusviken y paseábamos bajo el calor que había llegado a la ciudad a pesar de que solo era abril. En el parque de atracciones de Grönalund le compramos a Valle un globo de delfín que no quería soltar ni cuando dormía. Nos tumbábamos a tomar el sol en los jardines de Kungstrådgården, y yo leía en voz alta *El mago de Oz* al atardecer, mientras Valle se dormía sobre el pecho de Shane. Valle volvía a reír, pero seguía sin decir una palabra. No importaba, tampoco había mucho que decir. Salvo que los tres íbamos juntos. Recuerdo que pensé que eso era una familia, unas personas que van juntas.

Era por la mañana temprano, estábamos durmiendo los tres en la cama grande. Valle debió de presentir que lo que había sido su vida hasta ahora no tardaría en desaparecer, porque se vino a nuestra cama durante la noche. Unos pasos ligeros por el suelo de linóleo y enseguida se tumbó a mi lado debajo del edredón, tenía el cuerpecillo frío a aquellas horas. Yo me quedé despierta mientras él iba entrando en calor a mi lado, y pensé en el hecho de que aún quisiera venir a nuestra cama, esa noche juré que iríamos de una vez por todas a la institución para madres e hijos que se encontraba junto al mar y en la que nos habían ofrecido una plaza, aunque Shane no pudiera acompañarnos. Pero ¿cuántas veces no había pensado lo mismo? Valle y yo nunca iríamos al mar.

Todavía soy capaz de evocar la imagen de nosotros ahí enredados los tres en la cama esa última noche, un poco desde arriba, como si yo fuera un pájaro que estuviera en el techo y nos viera desde lo alto. El pelo negro de Shane, que le cubre la cara, y él tumbado detrás de mí con una pierna sobre mi cintura, Valle enroscado debajo de mi brazo como un erizo chiquitín.

Nos despertó el resonar duro del timbre. Había luz en el dormitorio. Y enseguida se llenó de gente que recogía las cosas de Valle y las iba metiendo en cajas grandes. El ruido de alas era ensordecedor, no oía lo que decían aquellas personas, y unas plumas blancas minúsculas llenaron el aire como si fueran nieve. Habían roto un cojín. ¿Quién, yo? ¿Shane? No, Shane no. Él se quedó ahí sentado apretándose un sombrero contra el pecho como única protección mientras una de las mujeres cogía a su hijo y lo sacaba del cuarto. Y entonces Valle empezó a hablar

otra vez, gritaba llamándome con esa vocecilla rota. «Mamá…
Mamá… Ayúdame, mamá…». Luego se cerró la puerta y se hizo
el silencio. Como si Valle nunca hubiera existido, como si nunca hubiéramos tenido ningún hijo.

Fue esa noche cuando concebí a Solveig. La invocamos desde la
oscuridad, aunque los dos sabíamos que debería poder quedarse
donde estaba. Nonata, segura, envuelta en el fondo de la nada.
Cuando lo hicimos fue de forma mecánica, como dos muñe-
cos. La imagen de Valle vibraba entre los dos y el orgasmo dolió, como si un niño volviera a salirme entre las piernas y cayera
al suelo.

Me pasaba los días enteros delante del edificio que se había tragado a mi hijo. A veces me acercaba a alguien y le preguntaba:

—¿Cuándo me vais a devolver a mi niño?

Tenía mucho miedo de que me preguntaran a qué niño me refería, pero casi nunca me decían nada, simplemente salían a toda prisa por la puerta sujetando bien el bolso pegado a la cadera, como si lo que a mí me interesara fuera el puto bolso. Cuando estaba allí sola y veía mi sombra suspendida en la fachada era como si nunca hubiera tenido ningún niño, como si nunca hubiera recorrido las calles de la ciudad de un lado a otro con Valle en el cochecito. Pero por lo general solo me quedaba allí de pie mirando a aquellas personas. A veces me acercaba corriendo a alguna de las que conocía y la agarraba del abrigo. O bueno, conocía. Ellas lo sabían todo de mí, pero yo no sabía nada de ellas. Lo único que les interesaba era si iba colocada. ¿Estás colocada, Kristina? Podéis jurar que sí, respondía yo y las seguía dándoles puntapiés. ¿Eso era lo único que querían preguntar? Yo tenía montones de preguntas. Quería decirles que Valle estaba mejor conmigo en la calle que con unos extraños, quería decirles que su madre era yo. A veces veía sombras de niños moviéndose en las ventanas, oía el sonido cantarín de la risa de un niño desde el interior del rostro hermético de la fachada. Una noche rompí una ventana de una pedrada y me metí en el edificio, pero allí dentro no había niños, recorrí los pasillos vacíos gritando su nombre. Pasillos vacíos llenos de la fría luz de plata de la luna e hileras de cuartos llenos de la misma luz inmisericorde. Traté de encontrar todo lo que habían escrito sobre nosotros, para que no hubiera ninguna prueba contra mí, pero no encontré nada.

En la calle Herkulesgatan estaba Nanna sentada en cuclillas apoyada en la fachada de Bankpalatset leyendo un libro con el pelo blanco como una cortina protectora frente al mundo. Ella siempre me miraba como buscando lo bueno que había en mí. Eso solo lo hacía ella, los demás buscaban lo malo.

—Ven aquí, cariño, que te dé calor —dijo alargando el brazo.
—Tú no vas a desaparecer, ¿verdad? —le dije.
—¿De tu vida? Nunca.
Esa fue la última vez que la vi.

Estuve nueve meses sin tomar apenas nada. Me pasaba la mayor parte del tiempo tumbada medio soñando debajo de la ventana. Shane iba y venía y por las noches se tumbaba a mi espalda y me ponía la mano en la barriga, como si pudiera proteger de nosotros a la criatura que llevaba dentro. Shane se dormía en cualquier sitio y cada vez estaba más delgado, a pesar de que comíamos en el McDonald's a diario. La cosa iba rápido, se ausentaba unas horas y cuando volvía, estaba más delgado aún, era como si algo se lo estuviera comiendo por dentro. Yo soñaba todas las noches que un animal lo estaba devorando vivo. Era negro y enorme y se agazapaba a su espalda como una sombra en la cama donde yo solía acostarme abrazada a él. Cada vez dormía más y cuando dejó de poder usar su ropa, empezó a ponerse mis vaqueros y mis camisetas.

Shane estaba tumbado escuchando mi barriga, un útero peque‐
ñito y duro sobresalía como un huevo del vientre blando. Yo
pensaba a todas horas en Valle, en que era él quien iba a rena‐
cer. A medida que avanzaba el tiempo, la idea fue cobrando más
peso, que era él quien estaba creciendo dentro de mí. De algu‐
na forma, había ido a parar dentro de mí otra vez, me estaban
dando una nueva oportunidad de la que nadie sabía nada. En
Asuntos Sociales, cuando hablaban de él, yo apenas escuchaba,
podían decir lo que quisieran del pueblo de Storsjön, y de las
personas que se habían apiadado de Valle, solo yo sabía que con
quien estaba era conmigo. Una vez intenté decírselo a Shane,
pero se enfadó y me agarró fuerte por los hombros y me zaran‐
deó. Me dolió, no tanto porque me hiciera daño, sino porque no
me creyera. Shane siempre me había creído, siempre me había
defendido a mí y lo que yo pensara. Así que me quedé sola en la
creencia de que era Valle. Puede que supiera que no era verdad,
pero entré en esa ilusión como se entra en una sala.
　　Luego nos permitieron ir a Jämtland a visitarlo. En el tren
no pensé en adónde íbamos, me había quedado en blanco por
dentro, me duché y me arreglé, me maquillé y me puse un abri‐
go con el cuello de pelo. No me lo podía abrochar por la barriga,
pero era grueso y muy bonito. Con él me sentía adulta. El pai‐
saje era irreal, el cielo se veía anchísimo fuera de la ciudad, es‐
taba por todas partes. Hacía mucho que no veía un cielo, en la
ciudad no había cielos, podías ver un recuadro azul claro alguna
vez, pero luego desaparecía. Este se extendía infinito al otro lado
de la ventanilla, era como si viajáramos por él. Puede que en ese
momento fuera feliz, el lento vaivén de la criatura debajo de las
costillas era un mundo propio inaccesible a los peligros.

Shane se pasaba todo el tiempo murmurando solo, recorría el tren de un lado a otro. En cuanto se sentaba, volvía a levantarse, como si se hubiera quemado con el asiento. Yo estaba tranquila, para mí ya no había nada en juego, puesto que todo lo llevaba dentro. En la estación de ferrocarril esperaban aquellas personas. Nos llevaron a la campiña en un coche limpio recién lavado. Se pusieron a charlar con nosotros, eran insoportablemente dulces y amables, como si les pagaran. Bueno, y así era, claro. Mi abrigo con el cuello de piel parecía una piltrafa en aquel asiento tan limpio.

—¿Qué tal el viaje? Es bastante largo.
—Nos alegramos mucho de conoceros.
—Hemos preparado bizcocho.
—Yo creo que al principio lo veréis algo tímido.
—Pero tenemos tiempo, claro.
—A lo mejor tenéis hambre.

Por el camino empecé a asustarme, tanta amabilidad me superaba, no sabía cómo manejarla, mi repertorio consistía exclusivamente en medidas de defensa. Shane y yo íbamos callados en el asiento trasero. Me preocupaba que mi voz sonara demasiado alta y dura si decía algo, como una motosierra que lo destrozaba todo a su paso. Al menos Shane sí respondía a sus preguntas, pero tenía la voz débil y extraviada y las palabras se iban apagando antes de que él lograra terminar las frases. Naturalmente, sabían que estábamos esperando otro hijo, pero no dijeron nada al respecto. Seguramente, pensarían que éramos unos idiotas. Y la verdad, no podía estar más de acuerdo. Pasamos cerca de algo que parecía un mar, era el lago Storsjön, dijeron. Dijeron que Valle se había pasado el verano bañándose allí. Era como si hablaran de una persona que no tuviera nada que ver conmigo. Mi Valle nadaba ahora otra vez en el líquido de mi vientre.

Delante de una casa de madera de color amarillo nos bajamos del coche y un instante después me despertaría del sueño. Cruzamos despacio el jardín y entramos en la casa. En el césped había cosas de niño, una bicicleta pequeña y una tienda de campaña de color azul, y había un arenero lleno de cubos y palas. Valle estaba sentado en el suelo jugando cuando llegamos y no levantó la vista. Sentada a la mesa de la cocina había una mujer mayor. Valle había crecido, a pesar de que solo habían transcurrido unos meses, y llevaba una ropa que yo no había visto nunca. Le habían cortado bastante el pelo, lo tenía reluciente a la intensa luz del sol. Yo me quedé en la puerta mirándolo. Shane también. El ruido de mi corazón debió de despertar a la criatura, porque empezó a moverse tanto que tuvo que notarse por fuera.

—Mira quién ha venido, Valle.

Valle levantó la vista. ¿Qué había en sus ojos? No lo sé. El niño se movía dentro de mí y de pronto se hizo del todo evidente que quien se movía dentro de mí a la espera de que nos convirtiéramos en otras personas no era Valle. Estaba sentado en el suelo con un peto de felpa, totalmente real delante de nosotros en aquella casa amarilla donde la luz entraba a raudales como el agua en todas las habitaciones.

Al cabo de un rato se nos acercó. Al cabo de otro rato, se me sentó en la rodilla a comer galletas. Debería haberme alegrado, pero en realidad me puso triste. El pelo le olía muy bien, como siempre, como el pelaje de un gato cachorro. Yo lloraba tanto que se le empapó. Él me acarició la mejilla y luego quiso que viéramos la casa. Todo era precioso, como en una casa de muñecas. Valle tenía su propio cuarto con las paredes amarillas y cojines y muchos colores en la cama. Al cabo de un rato, quiso que saliéramos, la luz del sol era tan fuerte que me costaba ver. Cuando nos fuimos de allí, nos dijo adiós con la mano sentado en la bicicleta. A su lado se encontraban los nuevos padres con sus grandes alas extendidas sobre él.

Llegó el otoño y la que estaba allí dentro seguía creciendo y poco después empezó a dar patadas con los piececitos en la mano de Shane. Shane le cantaba una melodía y yo notaba cómo ella se calmaba allí dentro. Un día, sin haberlo meditado antes, dije:

—Cuando nazca iremos con ella a las autoridades.

A Shane se le empañaron los ojos.

—Es que estás asustada. Esta vez sí lo vamos a hacer bien. Ahora somos distintos.

—¿Y tú no tienes miedo?

Shane apretó más fuerte con la mano sobre la criatura que estaba en la barriga.

—Pero es bueno tener miedo, tú misma lo has dicho. Ayuda a hacer las cosas bien.

—Ya, pero nosotros no hacemos las cosas bien. Eso es lo que nos pasa, que no hacemos las cosas bien.

—Nos han dado otra oportunidad, lo sé. Espera a verla. Cuando esté aquí, todo será distinto. Ella nos educará a los dos.

Ese es el fallo del ser humano, que tiene demasiadas expectativas puestas en su posibilidad de transformación, y no solo les pasa a los adictos.

A poca distancia de Herkulesgatan, el asesino ya se movía con sus ensoñaciones. Como prisionero de sí mismo, recorría en el coche las calles de un lado a otro en busca de algo, animal o ser humano, niña o criatura o mujer. Aún no sabía quién era yo, pero sí sabía lo que buscaba, y yo encajaba en la descripción. Alguien que fuera muerto en vida por el mundo, alguien que ya no creyera en la salvación. Una ola fría le subía por dentro ante la idea y al final no quedó otra cosa que esa idea dentro de él. Me imagino que es como con la heroína, que te llena todas las arterias y cada resquicio. Pronto se cruzarían nuestros caminos. Sería una casualidad, pero no lo sería, sería el último suceso de esa larga serie de sucesos fortuitos que llaman una vida. Una noche me encontraría delante de él en Herkulesgatan, con mi boa de zorro.

Había comprado aquella boa cuando nació Solveig. Y al final me agencié una minifalda negra y un par de botas altas plateadas. Cada vez que veía mi imagen por casualidad en algún escaparate me entraban ganas de echarme a reír. Parecía un payaso. Pero por fin sabía quién era yo, no era más que la imagen de la personalidad que se reflejaba en el espejo, la de la boa de zorro. Era limpio como una herida, y era la verdad.

Los dolores fueron mucho peores con Solveig, pero yo quería de verdad algo que doliera más que lo más doloroso del mundo. No quería que saliera, así que cuando llegó el momento me negué a empujar. Shane me dijo que solo me acompañaría a la puerta del hospital y luego se iría. A menos que yo cambiara de opinión. Pero eso solo lo dijo para ponerme las cosas más difíciles, ya estaba decidido desde hacía tiempo, y los dos habíamos firmado los documentos, así que ya no había marcha atrás y además, si nos quedábamos con la niña ahora, al final terminarían llevándosela al cabo de un año o dos. En cambio así se lo ahorraría. Y nosotros también. Así que cuando empezó, fue por la mañana, nos acabábamos de despertar, cogimos un taxi. Y esta vez fue rapidísimo. A la media hora me vi en el suelo lamentándome y con la sangre corriéndome entre las piernas. En el taxi Shane me cogía la mano muy fuerte todo el rato y cuando venían los dolores me abrazaba. Me ayudó a salir del coche, me dio la maletita y el bolso y me dirigí sola a la entrada y la puerta del taxi se cerró a mi espalda. Pero solo había recorrido unos metros cuando me caí al suelo obligada por aquella fuerza que volvía a apoderarse de mí. Y ahí acudió Shane otra vez para levantarme, él era el único que olía bien en el ambiente asqueroso del hospital. Me llevó a la planta, yo iba colgada de su cuello y en una pausa entre un dolor y otro nos hizo gracia y nos reímos bajo la luz fuerte y grumosa del ascensor, de que yo pesaba como una ballena y él estaba más flaco que nunca, y luego cuando ya me encontraba en la cama con el camisón del hospital, se fue. Yo también me habría ido de haber tenido la posibilidad, para librarme del final. Igual podrían haberme puesto una palangana debajo del trasero para que Solveig cayera en ella y se ahogara directamente después de salir del útero.

En el fondo yo tenía la esperanza de que no saliera, de que el tiempo se rompiera en pedazos y ella se quedara dentro de mí para siempre. Yo solo me he sentido entera cuando he tenido un niño en el vientre. Por eso luego la sacaron con la ventosa. Al final el médico que tenía entre las piernas empezó a tirar de la cadena de la ventosa con tal fuerza que se le puso la cara roja. Los dolores habían desaparecido hacía un buen rato, ya apenas me dolía nada, y pensé que era mejor que muriera allí dentro, se libraría de nacer y yo podría ser su tumba. Pero al final algo se soltó dentro de mí y salió a raudales. Solveig tenía una herida y un chichón en la cabeza, pero la tenía pequeñita y redonda y muy bonita. Aspiré el olor a recién nacido, dije que tenía que llamarse Solveig, me habían dicho que podía elegir el nombre, me remendaron y nos dejaron solas. Poco a poco, la sala se fue llenando de una luz invernal fría y pálida que incidía sobre la carita. Pronto resonaría el ruido de pasos y las voces llenarían la habitación, pero primero estuvimos las dos solas. Ese último ratito es solo de Solveig y mío.

Algunas imágenes hay que guardarlas para uno, de lo contrario desaparecen, hay que mantenerlas dentro limpias e intactas. Hay que intentar que las palabras no destruyan las imágenes de modo que se pierdan la claridad y el dolor. No pasa nada porque duela, con tal de que estén limpias como el cristal.

—¿No quiere decirle adiós? —oí que preguntaba alguien en la sala de partos. No, no quería decirle adiós a Solveig, porque hiciera lo que hiciera, la habían apartado de mí. Lo único que me quedaba que darle era darla, en lugar de destrozar ese cuerpecillo rosa. Como hicimos con Valle. Como habíamos hecho el uno con el otro. A Dios y al Diablo y a todos los demás les digo: la que más quiere a la criatura es la que puede renunciar a ella. Así que me quedé allí con la cara vuelta hacia la pared oyendo las voces susurrantes que se perdían por el pasillo. Y cuando se hubieron llevado aquello que, un instante atrás, había sido tan parte de mí como una víscera, recogí mis cosas y me fui de allí. El abrigo de piel, el bolso, el libro y la llave de la bici. La leche que me brotaba del pecho era gris, gris como el agua de fregar, como si el cuerpo supiera que no iba a bebérsela ningún niño. No tardé en acabar sentada en el suelo de unos servicios de la estación Central con una jeringuilla en el muslo. A Solveig no volví a verla jamás.

Son los últimos momentos. Aún vamos los dos por la ciudad donde el agua se extiende entre las islas oscura y calma como el aceite, el que no tardará en estrangularme y la que era yo en esa época cuando aún tenía un yo, cuando tenía un cuerpo vivo, cuando aún me quedaba tiempo, cuando aún tenía hijos. Creo que no dejé de sangrar del todo hasta que morí ese verano. Hijos tengo todavía, aunque no los tenga conmigo. Tampoco los tuve los últimos meses, pero siempre seré la madre de Valle y de Solveig. Es mucho lo que puede cambiar la muerte, pero no el hecho de que Valle y Solveig hayan salido de mi cuerpo. Puede que ahora sean otros quienes actualicen versiones nuevas y mejores de los dos, como Ellen y Johan, de Jönköping, pero yo soy el origen.

Pronto nos encontraremos. Él ya me ha visto a mí, pero yo todavía no lo he visto a él. Y ahora me observo a mí misma caminando por las calles relucientes de lluvia primaveral en busca de Shane, porque el que ha desaparecido ahora otra vez es él. Nos vimos en abril en el cementerio de Klara, y me dijo que era un delito contra la naturaleza entregar a Solveig, y después ya no volvió. Entonces yo no sabía que esa sería la última vez.

—Te echo de menos —le dije, pero no me atreví a tocarlo. Estaba sentado con la espalda contra una lápida.

—¿En serio?

Parecía sorprendido y miraba todo el rato a su alrededor, como si estuviera esperando a alguien que faltara por venir.

—¿Estás esperando a alguien, Shane?

—Siempre estamos esperando a alguien, ¿no?

—Me refiero a alguien en particular.

Él meneó la cabeza, pero no respondió. Yo era la única que hablaba.

—Siempre que me despierto creo que estás ahí, te busco con la mano. Luego recuerdo que te has ido.

—¿Dónde está Solveig?

—No lo sé. Por ahí.

Shane callaba y revolvía la hierba. Yo le miraba las manos mientras le hablaba. Tenía las muñecas muy delgadas y pálidas. Se le habían aclarado los tatuajes.

—Pero allí donde está, está bien. Tú y yo no debemos tener niños. Ahora ya lo sabes.

Casi es verano y todavía creo que voy a encontrarlo, aunque pienso que se equivoca en lo que se refiere a nosotros y a Solveig. Es lo único a lo que puedo aferrarme, que no nos quedamos con ella solo porque la queríamos con nosotros por encima de todo. Pero Shane no me perdonará nunca y en realidad no tiene importancia que no vaya a volver jamás, porque ya se ha terminado el tiempo. Y mientras lo busco comprendo por fin lo terrible que es deambular por ahí preguntando por una persona cuyo paradero deberíamos conocer. Eso me lo dijo Shane infinidad de veces.

—¿Te das cuenta de lo humillante que es tener que andar preguntando que dónde está tu novia?

—¡Tu mujer!

—Ya, pero qué mierda importa que estemos casados si no sé dónde estás.

—Para mí sí importa, sé que siempre voy a volver contigo, aunque desaparezca.

—Vaya, ¿y se supone que solo por eso tengo que alegrarme?

—Pues sí.

—Ya, lo peor es que me alegro.

—¿De qué?

—De que siempre vuelvas.

Y el que pronto me va a arrancar de este mundo va y viene del trabajo, tiene mucho que hacer, porque está en esa edad en la que uno tiene mucho que hacer cuando tiene una carrera, y de un tiempo a esta parte lo embarga la idea de mí. Por eso está distraído y disperso, pero al mismo tiempo completamente despierto, se mueve ligero como el aire a través de los días. Desde hace un tiempo está lleno de una fuerza con la que no sabe qué hacer. Ya sueña conmigo por las noches, un sueño que se repite, cómo me aparta la cabeza del cuello, con toda sencillez, como si fuera una muñeca.

Tiene que haberme visto la primera vez en Herkulesgatan cuando pasó con el coche. ¿Qué tiene mi ser que le da ganas de matar? ¿Será el hecho de que ya esté muerta, que no vaya a defenderme? Cuando sueña despierto señala mentalmente en mi cuerpo las líneas de las zonas donde piensa cortar, la idea que más le gusta es la del cuello, la sola idea de agarrarme el cuello con las manos lo deja sin aliento. Las fantasías que tiene conmigo son las que lo salvan del abismo, cómo deja que la luz me colme los ojos y que el oxígeno circule por la sangre una última vez, antes de volver a apretar. En eso se parece a los dioses, juegan con nosotros un rato antes de dejarnos ir. Y lo del estrangulamiento no es nada nuevo, hoy por hoy casi todos los hombres quieren agarrarse al cuello cuando se corren, no sé de dónde han sacado esa imagen tan espantosa. Lo que pasa es que se corren enseguida. Y cuando se corren, llaman a Dios. A veces ir por la calle es como estar en una puta iglesia.

Se encuentra a unos metros de Herkulesgatan y me observa. Quizá se haya puesto a mirarme ahí muchas veces antes. Debería dejar de hacerme esa pregunta y olvidarme, pero se me viene a la cabeza continuamente: ¿por qué me eligió a mí precisamente? Nunca lo sabré. ¿Acaso importa? En todo caso, esta es la primera vez que hablamos, porque de pronto lo tengo delante con esos ojos claros, creo que es más bajito que yo, pero quizá sean solo los tacones que llevo, que son demasiado altos.

—Buenas tardes —dice.

Era traicionera aquella niebla que había en verano y en la que ahora nos adentrábamos con el coche, plumosa y blanda vista de lejos, como si quisiera proteger al mundo de algo terrible. Cuando entramos en ella desapareció la luz, el aire se volvió frío y crudo y oscuro a nuestro alrededor. La niebla se tragaba todos los sonidos, absorbía los chillidos de los pájaros y el zumbido de los cables eléctricos que estaban en lo alto y se sentía uno colmado de un vacío ingente que no sabía de dónde había salido. Entramos en la niebla y ya no había vuelta atrás.

Lo observé ahí, a mi lado, inmóvil como una escultura bajo la palidez de la última luz. Comprendí que había llegado al final, que esta vez no tenía ningún sentido salir corriendo. ¿Dijimos algo o íbamos en silencio? ¿Acaso importa? Entramos en la niebla como se entra en un mundo desconocido y, unas horas después, él saldría de allí solo.

—¿De verdad que no tienes miedo? —preguntó.

—No, no tengo miedo.

—¿De nada?

—Solo los que tienen alguna esperanza pueden tener miedo, y yo no tengo esperanza.

Guardó silencio unos instantes y luego dijo:

—Se ve a la legua que no tienes miedo de nada. Que no necesitas a nadie en el mundo.

—Hubo un tiempo en que sí. Pero ya hace mucho.

Él miró por la ventanilla, tenía la voz muy suave.

—Lo más difícil de matar a una persona es que hay que apagar la luz de los ojos. Pero una vez que te has decidido, es facilísimo, tan sencillo como apagar un interruptor.

Le dije:

—Tira mis cosas al río, no quiero que quede en el mundo nada de mí.

Luego continué:

—Y una cosa más. No lo prolongues. No me hagas más daño del necesario.

Y cuando por fin frenó junto a la breve pendiente que daba al lago lo que se paró no fue el coche sino el mundo exterior, porque fue como si siguiéramos avanzando mientras el resto del mundo se detenía, esperando, sin resuello, como una marea que fuera a empezar a fluir. Caí de espaldas a través del tiempo con él a mi lado, hasta el origen mismo del tiempo. De la radio seguía oyéndose una misa, aunque más débil ahora, creo que era *Stabat Mater*, y el movimiento tranquilo del limpiaparabrisas recorría la luna delantera y realmente era como si estuviéramos cayendo hacia atrás los dos, hacia abajo en el tiempo, y de repente volví a ser madre, estaba sentada en la sala de partos con Solveig en los brazos. Aún olía a sangre y a grasa fetal y luego desaparecía y en su lugar había un niño pequeño que era Valle a mi lado en la cama de Sockenplan, tenía el pelo tibio y suave, sudoroso por el sueño y por el sol, y después ya no era madre de nadie, sino que había encontrado a Shane, estaba delante de mí tocando el violín en Rådmansgatan y yo me paré y le eché una moneda en el gorro, y me vi atraída a su mundo, era magnético. Pero después desapareció él también y yo volvía a ser una niña y me encontraba otra vez en Alvik, y allí estaba tumbada en el capó de un coche bajo una fina luna de plata con la sensación de llevar universos dentro. Y seguí cayendo y allí estaba otra vez, un poco más allá en el tiempo con Nanna, con la primera jeringuilla en la mano y, temblando en el extremo de la aguja, una gota clarísima, tan clara como un espejito antes de que se rompiera y ahora lo veo, nítido como a través de una lente de aumento, que nunca fue una elección, fue otra cosa, algo inexplicable, un viento o un ser extraño que respiraba a través de mí, un instante más claro que todos los demás. Y después me encontré de vuelta junto al río bajo un cielo amarillo, estaba de rodillas en las frías aguas con Eskil en brazos, no movía el pecho tan menudo y tenía los ojos claros y fijos, y luego, como un milagro, puesto que viajábamos hacia atrás en el tiempo, me convertí otra vez en hermana mayor y estaba acostada en una cama enorme y hundía la nariz en la blanda nuca de Eskil, que olía a leche, mientras Raksha e Ivan se peleaban a gritos en el cuarto de al lado, como tremendos animales salvajes que se hubieran olvidado por completo del amor. Después los veo otra vez, Raksha e Ivan, y ahora están solo ellos dos, como eran cuando se vieron por primera vez en el recinto ferial de Ängelholm. La que un día será mi madre lleva un abrigo en forma de campana e Ivan tiene una cerveza en cada mano y al fondo se extiende bajo el cielo un paisaje azulado como un mapa reluciente. Dentro de esos dos hierve algo desconocido que tal vez sea la felicidad, o quizá una primera percepción del infortunio, pero en todo caso, así es como te sientes cuando la vida empieza por fin, y llevas mucho tiempo esperando, esperando a que te pase algo, creo que Raksha ha estado esperando algo que la aparte de lo que es su viejo mundo. Y ahí empieza todo, porque ahora se besan delante de la gran noria dorada que llevan trasladando de un lado a otro de Suecia todo ese verano de finales de 1950.

Nunca sabré de dónde es ella, Raksha, qué negruras habrá recorrido para venir hasta nosotros. Lo único que sé es que se muda a vivir con Ivan la primera noche, que el pasado es un cortafuegos negro en su interior. Más allá de esa pared, todo lo que existió en su día está carbonizado por un fuego inmenso.

Esta es mi última imagen en el mundo, y representa a Raksha y a Ivan, el principio y origen del mundo, y él, el cazador, sigue ahí todo el tiempo, en el asiento de al lado, y me observa. Y al final no solo se detiene el tiempo, sino también nosotros, y todo está en calma a nuestro alrededor, un mundo de lluvia y agua negra que gotea de los árboles, y ya hemos llegado a lo que va a ser mi tumba.

Las manos se me ciñeron al cuello como una cuerda, la cara y el pecho lampiño se me apretaban con fuerza. No podía respirar, empezaron a burbujearme los pulmones cuando reventaron los alvéolos, intentaba toser, veía cosas. Tal vez fueran visiones, creo que vi a la Virgen María otra vez cuando se le apareció el ángel, y ahora vi lo asustada que estaba, cómo iba retrocediendo imperceptiblemente hacia el camino, y vi que el ángel la violaba, vi que le sujetaba las manos contra el suelo y eyaculaba dentro de ella, sentí el olor a muerte alrededor de los dos, dulce y frío e insípido. Y el semen se precipitó a lo más hondo de su alma con su mensaje aterrador. Daría a luz un hijo y lo perdería. Le darían un hijo al que matarían en presencia suya. ¿Para qué? Creo que María nunca llegó a comprenderlo, creo que nunca llegó a aceptar su destino.

Después me vi a mí misma, vi la espuma grisácea que me salía burbujeando de la boca, una mezcla de tierra y sangre y mucosas destrozadas. Me vi tendida en ese barro oscuro, desnuda y torcida en una postura extraña que hacía que pareciera un pollo desplumado o una muñeca que alguien desechara cuando se le terminó la infancia. Un hilillo de sangre en la mejilla, los ojos de par en par, pero apagados. Alcancé a pensar que no quería que Raksha me viera así, no quería que me viera nadie, nunca quise que me vieran.

Sin embargo, todavía puedo ver a aquellos niños que éramos Eskil y yo corriendo juntos bajo un sol tibio, una moneda de plata que quema a través de la bruma del cielo, un sol que brilla sobre dos niños solos junto al río que corre bajo el cielo inmenso.

Están solos en el mundo, esos dos niños, y cuando los observo ahora, el resto del mundo se ha retirado como una marea que espera y se estremece y tiembla presa de la luna, antes de empezar a discurrir de nuevo por minúsculos arroyos que colmarán el mundo. Así es el dolor, amenaza con colmar el mundo entero en cualquier momento con sus malolientes aguas negras. El cuerpo de los niños se recorta blanco y desnudo sobre la oscura playa fangosa, y ella, la niña que una vez fui yo, corre siempre un poco por delante y detrás va un niño, y se lo ve pequeñísimo en ese paisaje tan grande. Y si se lo enfoca solo a él con el *zoom* se ve que tiene pecas, una lluvia de lunares claros en el pecho y en los brazos. Y tiene ojeras y la piel siempre se le pliega un poco justo ahí, y es porque le cuesta conciliar el sueño por las noches. Y si acercamos la imagen aún más se ve que tiene los ojos verde claro. Es un verde particular que no existe en ningún otro lugar del mundo salvo en sus ojos y en el estrecho de Kattegat visto desde el cielo. Voy allí a menudo para volver a ver ese tono de verde.

—¿Estás ahí, Raksha?… ¿Hay alguien ahí?… Me duele muchísimo la cabeza… Me duele muchísimo todo… ¿Dónde tengo la cabeza?… Por favor, ayudadme a recuperar la cabeza… ¿Me ha llamado alguien?… Raksha, ¿nos has llamado?… ¡Estamos aquí! En la playa negra bajo el cielo… Ya viene la marea… Ya nos arrastra… ¡Raksha!… ¡Mamá!

—No grites —susurra, y tiene la cara impenetrable como una estatua de mármol y no hay nada que me asuste tanto como esa serenidad. Precisamente ellos, los serenos y los que nunca se enfadan, son los peligrosos, eso lo he aprendido en la calle, ellos son los que hacen cosas horribles en secreto. Veo al depredador que lleva dentro, la silueta se mueve despacio como una sombra, podría alargar la mano y tocarla ahora mismo. Y las palabras me brotan sin que yo pueda contenerlas.

—Por favor por favor por favor no me mates, no me hagas daño.

Ese es el instante que él esperaba, el momento en que por fin ruego por mi vida.

—Ponte de rodillas —me dice. Yo me arrodillo en el barro. Él me presiona la garganta con los pulgares y aprieta.

Me dejó volver un instante antes de agarrarme de nuevo por última vez la garganta con las manos sin retirarlas. La penumbrosa luz verde resplandeciente del bosque y el sonido de los pájaros volvieron varias veces antes de desaparecer para siempre.

NIEVE

En mi entierro nevó, el mundo entero estaba cubierto de una fina capa de nieve, y cuando Ivan llegó andando a la iglesia de Bromma parecía que le hubiera nevado por dentro, porque ya estaba totalmente gris plata.

—Buenos días, Ivan —dijo Raksha, que estaba esperando en las escaleras de la iglesia con un ramillete de flores en la mano. Mientras caminaban uno al lado del otro entre las hileras de bancos habrían podido ser una joven pareja a punto de casarse, pero no. Ya estaban casados, y jóvenes no habían sido nunca. Aparte del sacerdote y el organista, y un portero que se mantenía algo apartado, solo estaban ellos dos. Se sentaron en la primera fila a escuchar al sacerdote, que hablaba de la lucha entre la luz y la oscuridad. Vistos desde arriba Raksha e Ivan parecían dos niños cabizbajos allí sentados en la espaciosa nave de la iglesia. En cuanto empezó a sonar la música Raksha se puso a llorar. Lloraba ruidosamente, con la boca abierta, como una niña, y le caían en las rodillas hilos de mocos y de lágrimas. Ivan le cogió la mano y la apretó en la suya. A Raksha le temblaban y se le agitaban las piernas como a un corzo asustado.

Cuando se acabó siguieron al enterrador hasta la tumba. Un sol frío se alzaba sobre la nieve, el aire era puro y crudo. Unos copos de nieve flotaban arremolinándose despacio.

—¿Te vas a casa ya? —preguntó ella mientras esperaban.

—Sí, ya me voy a casa.

—Allí tiene que hacer viento ahora.

—Allí siempre hace viento.

Ella se retorció las manos heladas.

—A mí tanto viento no se me daba bien.

—A ninguno de los dos se le daba muy bien nada —dijo él, y miró el agujero que iba a ser mi tumba. Así había sido, sí, a ninguno de los dos se le había dado muy bien nada.

Metieron mi cuerpo, o lo que quedaba de él, bajo tierra. Ivan pensaba que Raksha trataría de arrojarse al hoyo detrás de mí, así que le tenía el brazo cogido con una mano todo el rato, pero ella se mantuvo allí de pie totalmente tranquila y mirando al frente. Pusieron el ataúd blanco en el suelo helado y llenaron el agujero de tierra. Fuera de la iglesia se dieron la mano y se despidieron para siempre.

Raksha presentó una solicitud de divorcio, después de tantos años. Ivan la firmó y la envió a las autoridades. Metida en la bañera, abrió la carta donde decía que ya estaban divorciados. Se hundió en el agua caliente y se quedó ensimismada. Fuera lo que fuera, ya se había terminado por fin. Volvió a tomar las pastillas y en su interior se abrió el mundo de antes, ese al que nadie más tenía acceso, que era tierno y bonito y luminoso. Ivan se sentaba en el balcón de su casa al sol con el gorro y los guantes a esperar a que llegara la primavera. Se quedaba allí tan quieto que los pájaros lo tomaban por un cuerpo inerte o por un mueble y se le posaban encima y se quedaban un rato. Allí estaba él sentado esperando a que llegara el final.

A mi tumba aún le falta la lápida. Una sencilla cruz de madera es lo que ha habido todos estos años. Raksha siempre ha pensado que iba a encargar una lápida de piedra, pero al final, nada. Cada vez que visita la tumba piensa que va a encargar la lápida, pero los años han ido pasando y se han convertido en décadas. Antes de irse, suele besar la hierba que crece sobre la tumba. La he visto besar la nieve. A veces habla conmigo, y alguna que otra vez me riñe, pero no pasa nada, me lo merezco. A veces canta una canción con esa voz ronca y rugosa.

La pobre Raksha es ya una anciana con el pelo plateado que se pasa los días tumbada en el sofá estampado, sumida en sus sueños de duermevela. Claro que siempre ha sido así. Desde el punto de vista de la muerte, la vida parece un sueño extraño sin lógica, así que para mí su soñar despierta es cada vez menos raro. Pero el otro día se levantó repentinamente del sofá, cogió el auricular turquesa que tiene colgado de la pared y encargó una lápida, como si en toda su vida no hubiera hecho otra cosa que encargar lápidas. Debió de averiguar toda la información hace tiempo, porque allí estaba de pronto con la nota donde tenía apuntado el teléfono en la mano. El caso ya ha prescrito, de modo que nadie va a venir a excavar mis restos ahora. Por teléfono dijo que aún no había decidido qué inscripción poner, pero sabía que tenía que ir grabada en la piedra y tenía que ser sencilla, y que mi nombre debía ser color oro. Y además, añadió rápido, justo cuando iban a colgar, tan rápido que al hombre le costó oírla, también tenía que decir esto:

AQUÍ DESCANSA LA HIJA DE UNA PELUQUERA

Qué loca, Raksha. Ella nunca ha sido peluquera, al menos, no de verdad, con peluquería y esos carritos profesionales llenos de botes de espray caros, nos cortaba el pelo a mí y a Eskil y a Ivan y a algunos de sus amigos y a algunos vecinos del río y luego en la calle Svartviksvägen y naturalmente todavía le corta el pelo a Sylvia. Y pensar que se ha pasado veinticinco años puliendo esa frase. A lo mejor pensó que mi oficio no quedaría bien en una lápida, a pesar de que yo no habría tenido nada en contra. Es la verdad, y no resulta menos verdad solo porque sea feo. Además en las lápidas se puede mentir. La gente miente todo el tiempo, acerca de todo, y en particular en las lápidas. *Querida y añorada*, suele poner incluso cuando no es verdad. A veces resulta cierto después de la muerte, así ha sido en parte para mí y para Raksha. Después de mi muerte, algo cambió y se volvió más sencillo entre nosotras, de pronto era capaz de tener una relación conmigo, quizá incluso de quererme. Y yo a ella siempre la quise, todavía la quiero, de la misma forma que cuando era niña, aunque ese tipo de sentimientos se van volviendo aquí con el tiempo cada vez más débiles. Todavía me gusta mirar sus manos menudas y morenas, y esas batas estampadas con las que todavía sigue viviendo, creo que son las mismas que tenía cuando yo era pequeña. Cuando se tumba en la bañera con un angelito en el borde y hace un anillo de humo y luego otro, que pasa por dentro del primero, pienso que me envía un saludo a mí y nosotros, a todos los que un día fuimos su familia.

El amor es como la nieve, viene y envuelve el mundo con su luz, luego desaparece. Busco a Nanna, pero ella está escondida como suele. Hasta que un día la veo otra vez en Herkulesgatan. Vista desde arriba, la melena rubia brilla sobre el asfalto gris, las casas de granito gris. Está más vieja y más delgada, como si la hubieran vaciado, pero se mueve con la misma rapidez de antes, como si las calles fueran suyas y de nadie más. Tiene que haber salido de un coche porque de pronto aparece ahí junto a una columna y se pone a rebuscar en una bolsa de deporte. Un hombre mayor se desliza hacia ella en una bicicleta con un radiocasete en el portaequipajes y los dos se van juntos hacia la plaza de Sergel y siguen hacia el cementerio de la iglesia de Santa Clara.

En Herkulesgatan todo el mundo va siempre camino de otro sitio, es lo único de lo que hablan todos allí, pero por lo general nadie llega más allá del depósito de cadáveres. Yo siempre creí que Nanna sí saldría de allí. Hace mucho tiempo siempre decía que pensaba llevarme con ella al glaciar de Kebnekaise, donde no había miedo, solo luz, solo cielo y nieve. Nos llevaríamos a Valle y allí nadie nos encontraría. No salieron así las cosas, nunca volví a verla después de perder a Valle, y el glaciar también está desapareciendo, se está derritiendo como la tundra rusa y la Antártida. Todo desaparece, todo lo que amamos muere.

El día que encontré a Solveig sola en el cementerio junto a aquella lápida negra fue como morir otra vez. Estaba pálida, como un fantasma, y muy delgada con aquella chaqueta. No lloraba, se limitó a quedarse allí cubriéndose la boca con la mano como si tuviera frío en la cálida noche estival. Clara se encontraba algo más allá, apoyada en un árbol, y estaba fumando, y miraba a Solveig. Al cabo de un rato, se acercó a ella y le puso la cazadora de piel sobre los hombros. En la lápida se leía su nombre: *Valentino*.

—¿Y lo vamos a dejar aquí sin más, entre los muertos? —Le sonó la voz débil y ronca.

—Sí.

—No me parece bien.

—Pues es lo que hace todo el mundo. Se va sin más.

Podría pensarse que fue un error, que fue una recaída momentánea, que no aguantó la misma potencia que antes después de llevar limpio tanto tiempo, pero yo no creo que fuera eso. Y la muerte por morfina es una muerte suave y amable, una de esas muertes con las que sueñan todos. Yo creo que llevaba solo demasiado tiempo y que no sabía qué hacer con todo lo que le dieron de repente, quizá le resultó más duro de la cuenta entrar en la luz de una forma tan repentina, el hecho de tener de pronto una hermana como Solveig, yo sé bastante de lo que la esperanza puede hacer con uno.

A veces pienso que Ivan y Raksha eran personas imprudentes, descuidadas con las cosas importantes, que se pasaban días y días junto al mar y bebiendo al sol y que se olvidaban de nosotros. Pero creo que es como con Shane y conmigo, uno espera que los niños lo salven, olvida que son muy pequeños, que están indefensos, lo fáciles de dañar que son cuando los traemos de esa oscuridad de lo no nacido sin comprender qué es lo que estamos haciendo.

Shane y yo creíamos sinceramente que los niños nos salvarían, nos lo decíamos continuamente:

—Cuando los niños estén aquí por fin ya nada nos resultará difícil. Fíjate qué equivocados estábamos, cuando los niños llegan, es cuando la cosa se pone difícil de verdad.

Volví a Herkulesgatan, pero allí no quedaba nadie de los de antes. Alguien dijo que Shane estaba en la cárcel en Estambul, otro estaba seguro de que había muerto. Nadie sabía dónde se había metido Nanna. Era como si hubiera habido una guerra nuclear y solo hubieran sobrevivido los más horribles. Muchos se contagiaron de la enfermedad aquella y todo sucedió muy rápido, enseguida desaparecieron de la calle y los aislaron en los hospitales. Allí era donde se encontraba Shane, aunque yo entonces no lo sabía, a unos cuantos kilómetros de Herkulesgatan, que yo recorría sin él. Murió pocos meses después que yo, y exactamente igual que yo fue a parar a una especie de maleta, un caparazón de plástico negro que pusieron directamente en el hoyo.

Nunca acudí a ninguna de las citas concertadas con las autoridades y tampoco escribí cartas de amenaza, no le compliqué la vida a nadie en este mundo, la certeza de que Solveig y Valle estarían mejor sin nosotros se me reveló así, sin más. Y no pensé en ello, pero supongo que debí de dar por hecho que sería por una sobredosis, que sucedería de forma natural en cierto modo, conforme a la evolución, Darwin y todo eso. No hay muerte más suave.

No me abalancé corriendo por mi voluntad hacia el cuchillo, iba corriendo para alejarme de otra cosa que me asustaba más que la muerte, y dio la casualidad de que él estaba allí con sus sueños salpicados de sangre. ¿De qué huía corriendo? La explicación abreviada es que huía del amor. La explicación extensa es demasiado larga, y además las versiones largas ya no le importan a nadie. Uno solo tiene una oportunidad, no puede regresar a este planeta. Solo existe esa llamita palpitante que es tu aliento: cuida muy bien esa llama, Solveig.

El otro día cuando estuve mirando a hurtadillas en la casa donde vives con Clara pensé que aquella era la última vez, que voy a dejarte tranquila a partir de ahora. Eres preciosa y adulta, siempre me quedo un poco asustada cuando te miro. Me siento como una niña a tu lado, porque ahora tú eres mayor de lo que yo llegué a ser en vida. Eso me da un poco de envidia a veces. No envidia de verdad, te entregaría las estrellas si me las pidieras, pero cuando te veo pienso que también me habría gustado vivir todo eso. El amor, las horas que pasan sin darnos ni cuenta. Las estaciones. El tiempo que hace. Yo también habría querido llegar a ser adulta, habría querido vivir un verano más.

Siento que encontraras a tu hermano y que luego lo perdieras enseguida. Pero creo que eres fuerte, que eres tenaz, como un árbol. Y la manzana casi siempre va a parar lejos del árbol cuando cae. ¿No dicen eso los que saben?

Ya no te molesto más. Puede que ni siquiera me hayas oído, sino que solo me hayas tomado por un ave nocturna o por un cuento negro que leíste una vez en el periódico. No te creas todo lo que oyes. Tampoco te creas todo lo que piensas. No te preocupes si la gente habla mal de ti y de tus orígenes. La luz más intensa es la que más sombras arroja. ¿Y sabes una cosa? Casi todo lo que sé del tiempo y el espacio y la eternidad lo he aprendido de lo que he ido pillando en tus clases de la universidad. Y es una suerte que esté muerta, porque ¿cómo iba a atreverme a hablar contigo cuando estás de pie a la luz que entra por las altas ventanas del aula con el traje y el pelo a lo Elvis y consigues que todo el mundo te preste atención? La verdad es que son los relatos sobre la génesis del universo los que ahora me consuelan, en particular eso que sueles contarles a los alumnos sobre el nacimiento de las estrellas. Que una vez todo estaba concentrado en una partícula de nada que un día explotó, que las estrellas nacieron de nubes ingentes de hidrógeno que explosionaban y que las estrellas mismas explosionaron luego y cómo de ese calor surgieron el carbono y el oxígeno y el nitrógeno y que eso era todo lo que hacía falta para que tú y Valle pudierais ser engendrados dentro de mí. Por cierto que esas son las mismas sustancias que al final descomponen el cuerpo y lo convierten en polvo de estrellas. Gracias a los relatos de cómo sigue expandiéndose el universo me resulta más fácil irme ahora, la idea de que somos parte de un único movimiento infinito. Pienso: pase lo que pase, solo habrá transcurrido un segundo de la eternidad.

La Antártida del amor es una creación literaria y todos los personajes de la novela son ficticios. Las posibles similitudes del relato con la realidad solo guardan relación con la realidad de la violencia que lo inspiró.

So let us keep fast hold of hands, that when the birds begin, none of us be missing... EMILY DICKINSON.

ÍNDICE

Esta edición de *La Antártida del amor*, compuesta en tipos
AGaramond 11,5/14 sobre papel offset Natural de
Vilaseca de 90 g, se acabó de imprimir en Salamanca
el día 23 de abril de 2023, aniversario de la muerte de
Karin Boye

Otros títulos de
Sara Stridsberg en Nórdica Libros

Beckomberga. Oda a mi familia

La facultad de sueños